हार्ट की देखभाल

हार्ट की देखभाल

(हृदय की देख-रेख का समग्रात्मक उपागम)

डॉ. एच.एस. वसीर

M.D., D.M., F.A.M.S., F.I.M.S.A., F.N.A.Sc.
Former Prof. & Head of Cardiology, A.I.I.M.S.

प्रभात
पेपरबैक्स
www.prabhatbooks.com

प्रकाशक

प्रभात पेपरबैक्स

4/19 आसफ अली रोड, नई दिल्ली-110002

फोन : 23289777 • हेल्पलाइन नं. : 7827007777

इ-मेल : prabhatbooks@gmail.com ❖ वेब ठिकाना : www.prabhatbooks.com

संस्करण

2018

अ.मा.पु.स. 978-93-5266-946-2

HEART KI DEKHBHAL
by Dr. H.S. WASIR

Published by **PRABHAT PAPERBACKS**
4/19 Asaf Ali Road, New Delhi-110002

ISBN 978-93-5266-946-2

यह पुस्तक
उन समस्त चिकित्सकों, कवियों एवं शरीर-विज्ञानियों
तथा
गायकों, विद्वानों और आध्यात्मिक विभूतियों
को समर्पित है
जो
मानवता के कल्याण से
संबद्ध हैं।

प्रस्तावना

विगत तीन शताब्दियों की अवधि में रोग-लक्षण आयुर्विज्ञान एवं जन स्वास्थ्य/निरोधक आयुर्विज्ञान के बीच में एक विभाजन रहा। चिकित्सा-विज्ञान के क्षेत्र में द्रुत विकास के कारण यह अंतराल क्रमशः बढ़ता गया, पर हाल के कुछ वर्षों में इस संबंध में एक उत्साहवर्द्धक प्रवृत्ति देखने में आई है कि उपरोक्त अंतराल को कम करने के प्रयास किए जा रहे हैं। अब जन स्वास्थ्य एवं निरोधक आयुर्विज्ञान के विशेषज्ञ जन स्वास्थ्य के संदर्भ में रोग-लक्षण आयुर्विज्ञान के महत्त्व को समझ रहे हैं तथा रोग-लक्षण आयुर्विज्ञान के विशेषज्ञ भी अपनी पद्धति के प्रयोग में सामुदायिक उपागम के प्रबल महत्त्व को मान्यता देने लगे हैं। प्रो. एच.एस. वसीर रोग-लक्षण चिकित्सा विशेषज्ञों के बीच पाए जानेवाले उन पथ-प्रदर्शकों में से एक हैं जो अति जटिल चिकित्सा-विज्ञान का रहस्योद्‌घाटन कर सामान्य लोगों के बीच सार्वजनिक सजगता उत्पन्न करने में बहुत ही सक्रिय रहे हैं। उनकी यह पुस्तक 'हार्ट की देखभाल' निरोधक हृदय रोग विज्ञान के संबंध में सुधी अविशेषज्ञों के बीच भी सार्वजनिक सजगता उत्पन्न करने में अत्यधिक प्रभावशाली सिद्ध होगी। यह आयुर्विज्ञान के विषय में रोग-विशेषज्ञों, स्वास्थ्य-कार्यकर्ताओं तथा चिकित्सा-विज्ञान के छात्रों के सैद्धांतिक एवं व्यावहारिक ज्ञान के क्षेत्र को विस्तृत करने में भी बहुत उपयोगी होगी। मेरा विश्वास है कि यह पुस्तक वैज्ञानिक रोग-लक्षण हृदय रोगशास्त्र एवं निरोधक हृदय रोगशास्त्र के सामुदायिक उपागम के बीच सेतु के रूप में उपयुक्त साधन बन जाएगी। इससे संबद्ध रोगियों, सामान्य जन और कुल मिलाकर संपूर्ण समाज को लाभ होगा।

—डॉ. यू.को.को.
क्षेत्रीय निदेशक
विश्व स्वास्थ्य संगठन

भूमिका

'हार्ट की देखभाल' नामक इस पुस्तक की रचना एक लब्धप्रतिष्ठ हृदय रोग विशेषज्ञ डॉ. एच.एस. वसीर द्वारा की गई है। वे नई दिल्ली स्थित अखिल भारतीय आयुर्विज्ञान संस्थान में हृदय रोग विज्ञान के प्रोफेसर हैं। यह पुस्तक विभिन्न क्षेत्रों के पाठकों की एक विशाल संख्या को आकर्षित करेगी। हृदय रोगों के सामान्य चिकित्सक इसकी सहायता से अपने रोगियों को उनकी ही भाषा में सलाह एवं मार्गदर्शन प्रदान करने में अधिक समर्थ हो सकेंगे, साथ-ही-साथ हृदय रोगों की समस्याओं को समझने एवं उनसे बचने के उपायों में रुचि लेनेवाले लोग भी इसे पसंद करेंगे। एक अन्य महत्त्वपूर्ण कारण से भी इसे पसंद किया जाएगा, क्योंकि यह एक प्रामाणिक और ज्ञानवर्द्धक पुस्तक तो है ही, इसे पढ़ना और समझना भी बहुत सरल है।

अपकर्षक विकारों और असंक्रामक रोगों का प्रभाव क्षेत्र बढ़ रहा है। ऐसा विशेष रूप से दीर्घायु तथा वर्तमान जीवन की पद्धति एवं गति के कारण हुआ है। हृद्वाहिका संबंधी रोग के प्रभाव में वृद्धि चिंता का एक प्रमुख कारण है। इसके लिए अनेक, एक या कई मिले-जुले कारक उत्तरदायी हैं। आनुवंशिक कारकों के अलावा इनके अंतर्गत निरुद्यमी जीवन और शारीरिक व्यायाम का अभाव, मोटापा, मधुमेह, धूम्रपान, मानसिक दबाव या तनाव आदि सम्मिलित किए जा सकते हैं, किंतु यह निश्चित रूप से कहा जा सकता है कि हृद्वाहिका संबंधी रोग के प्रभाव-क्षेत्र में वृद्धि के साथ-साथ तत्संबंधी चिकित्सा विज्ञान और शल्यशास्त्र में भी चमत्कारपूर्ण प्रगति हुई है, तथापि

यह प्रगति चिकित्सा विशेषज्ञों के क्षेत्र तक ही सीमित है एवं वैसे रोगियों के लिए ही प्रासंगिक होती है, जो बीमारी से गंभीरतापूर्वक आक्रांत हो चुके होते हैं। प्रस्तुत पुस्तक हृदय रोग की चिकित्सा के उपायों पर उतना ही बल देती है, जितना कि उसके निरोध एवं नियंत्रण पर। इसमें स्वास्थ्य को ठीक रखने की आवश्यकता पर विशेष बल दिया गया है, जो कि आयुर्विज्ञान की स्वदेशी समग्रात्मक उपागम की वास्तविक परंपरा के अनुकूल है, जो भारतीय उपागम की महत्त्वपूर्ण विशेषता भी रही है।

इस पुस्तक के माध्यम से डॉ. वसीर हमें बताते हैं कि भोजन में परिवर्तन, शारीरिक क्रियाकलाप में वृद्धि, शराब, धूम्रपान और मानसिक तनाव में कमी तथा घर और कार्यालय के वातावरण में सुधार कर व्यक्ति अपनी जीवन-पद्धति को परिवर्तित कर सकता है तथा अधिक स्वस्थ, सुखी और दीर्घायु हो सकता है। इस पुस्तक का एक महत्त्वपूर्ण पहलू यह भी है कि इसमें डॉ. वसीर ने भारतीय परिस्थितियों पर विशेष रूप से प्रकाश डाला है। इस संबंध में उन्होंने भारतीय जीवन-पद्धति तथा भोजन की आदतों पर विशेष ध्यान दिया है।

हमें शारीरिक क्रियाशीलता में पर्याप्त सुधार की संभावनाओं को निश्चित रूप से स्वीकार करना चाहिए। तनाव घटाने, शांति और विश्रांति प्राप्त करने, ऑक्सीजन के अंतर्ग्रहण तथा चयापचयी क्रियाकलापों में सुधार के संदर्भ में यह बात विशेष रूप से प्रासंगिक है। स्वस्थ रहने के लिए यह आवश्यक है कि हम इन समस्त उपायों से लाभ उठाने का प्रयास करें। डॉ. वसीर ने पुस्तक के परिशिष्ट में पर्याप्त सूचनाएँ संकलित कर सहज रूप से हमारा ज्ञानवर्द्धन किया है। अनेक उपयुक्त उद्धरणों को समाविष्ट कर उन्होंने इस पुस्तक को साहित्यिक कृति का स्वरूप प्रदान कर दिया है।

—एम.जी.के. मेनन

तत्कालीन राज्य मंत्री,
विज्ञान एवं तकनीकी विभाग,
भारत सरकार

आभार-ज्ञापन

'हार्ट की देखभाल' डॉ. हरवंश सिंह वसीर द्वारा भावपूर्ण साहित्यिक शैली में प्रणीत जनोपयोगी पुस्तक 'हार्ट-टू-हार्ट' का अनुवाद है। अपने रोगियों के अज्ञान एवं विवशता के प्रति करुणा से प्रेरित हो डॉ. वसीर ने इस पुस्तक का प्रणयन किया है और उसी व्यापक करुणा के प्रवाह में उन्होंने इस महत्त्वपूर्ण पुस्तक के हिंदी रूपांतरण की अनुमति प्रदान की है। डॉ. वसीर ने यह पुस्तक प्रसिद्ध शिक्षाशास्त्री प्रो. रामजन्म शर्मा को दी ताकि हिंदी के पाठकों एवं चिकित्सकों के लाभार्थ इसका पुनर्प्रकाशन हो सके? हम ही नहीं, संपूर्ण हिंदी जगत् उनके इस औदार्य और सौहार्द के प्रति अत्यंत आभारी है।

प्रत्येक भाषा के शब्दों की अपनी शक्ति और सीमा होती है। अत: 'हार्ट-टू-हार्ट' का यह हिंदी रूपांतर भी इसका अपवाद नहीं हो सकता। रूपांतरकार ने डॉ. वसीर के विचारों, भावनाओं और उपागम को यथाशक्ति, यथावत् प्रस्तुत करने का प्रयास किया है।

प्रस्तुत रचना आयुर्विज्ञान, अध्यात्म विज्ञान और मानव मनोविज्ञान की पावन त्रिवेणी है। विशाल हिंदी जगत् के साथ डॉ. वसीर का 'हार्ट की देखभाल' स्थापित होगा और उनके समग्रात्मक उपागम का सर्वतोभावेन साभार स्वागत होगा। इसी आशा के साथ यह पुस्तक प्रस्तुत है।

—प्रकाशक

आचार	CHARACTER, CONDUCT
विचार	THOUGHT
व्यवहार	INTERPERSONAL DEALINGS
आहार	DIET

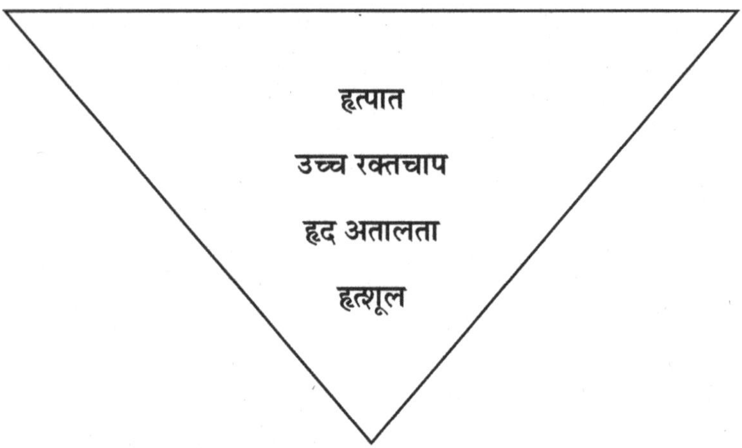

हृदय की देखभाल का समग्रात्मक उपागम

आमुख

एक चिकित्सक के रूप में विगत 25 वर्षों से अपने रोगियों की समस्याओं को सुनने-समझने के पश्चात् मैं इस तथ्य को स्वीकार कर चुका हूँ कि उच्च रक्तचाप एवं हृदय रोगों के अधिकांश मामले ईश्वरेच्छा से उत्पन्न नहीं, बल्कि हमारी अपनी भूलों के परिणाम हैं। अनेक बार ऐसा लगता है कि सामान्यत: प्रत्येक शारीरिक रोग और विशेषकर हृदय रोग; मन में उत्पन्न होता है। प्राय: रोग हृदय उत्पन्न नहीं करता, वह तो वास्तव में शरीर एवं वातावरण में घटित हो रही समस्याओं का लक्ष्य बन जाता है।

सर्वाधिक भयानक हृदय रोग, जो हृद्-धमनियों से संबंधित है (हृदयाघात एवं हृत्शूल), अनेक विकसित देशों में मारक बीमारियों में प्रथम स्थान प्राप्त कर रहा है। अब विकासशील देशों में भी अपना अनिष्टकारक रूप प्रकट करने लगा है। यह सोचकर आश्चर्य होता है कि यह किस प्रकार का 'विकास' है। हमें गंभीरतापूर्वक यह सोचना चाहिए कि अधिकाधिक युवक अपने जीवन की सर्वाधिक उत्पादक अवधि, चौथे एवं पाँचवें दशक, में ही हृदयाघात के शिकार क्यों हो रहे हैं? ऐसा समझा जाता है कि असंयमित रहन-सहन और अधिक प्राकृतिक एवं परंपरागत जीवन-पद्धति के लाभदायक मूल्यों की अस्वीकृति, निरुद्यमी आदतें, शारीरिक आवश्यकता से अधिक भोजन, अत्यधिक मात्रा में धूम्रपान एवं मद्यपान तथा शरीर एवं मन की विश्रांति पर पर्याप्त समय नहीं देने के कारण ही यह स्थिति उत्पन्न होती है।

जैसा कि कुछ देशों में किए गए अध्ययनों से स्पष्ट होता है, इन रोगों का

बहुत हद तक निरोध किया जा सकता है। आँकड़े बताते हैं कि निरोधात्मक तरीकों को अपनाने की दिशा में ठोस प्रयास करने से दिल के दौरों तथा आघातों में 25 प्रतिशत से अधिक की कमी आई है। ऐसे तरीकों में धूम्रपान से दूर रहना, अधिक शारीरिक व्यायाम करना, अति भोजन (विशेषकर वसा, चीनी, कोलेस्टेरॉलयुक्त भोजन) से बचना एवं औषधिरहित उपायों से मानसिक विश्रांति एवं उच्च रक्तचाप का नियंत्रण श्रेयस्कर है।

1978 के 'अलमा आता घोषणा-पत्र' का लक्ष्य है सन् 2000 तक 'सबों के लिए स्वास्थ्य'। भारत ने भी इस पर हस्ताक्षर किया है। इस उद्देश्य की प्राप्ति के लिए इस घोषणा-पत्र द्वारा स्वास्थ्य संबंधी प्राथमिक सजगता पर विशेष बल दिया गया है। दूसरे शब्दों में, हम इसे रोगों की प्रारंभिक रोकथाम कह सकते हैं। हमारी प्राचीन और परंपरागत आयुर्वेदिक चिकित्सा-पद्धति के अंतर्गत रोगों के निरोध को स्वास्थ्य रक्षा का प्रमुख आधार माना गया है। इस लक्ष्य को दृष्टि में रखते हुए लोगों से अपनी अंत:क्रियाओं के क्रम में आचार, विचार, व्यवहार और आहार की महत्त्वपूर्ण भूमिका पर मैंने पर्याप्त जोर डाला है। शरीर और हृदय को स्वस्थ बनाए रखने के लिए इन्हें आधार स्तंभ माना जा सकता है।

रोगों का निरोध निश्चित रूप से स्वास्थ्य-रक्षा की अधिक उत्तम विधि है। प्राय: समस्त चिकित्सात्मक उपायों, जो अत्यधिक खर्चीले हैं तथा पारिवारिक और राष्ट्रीय बजट पर जिनका विपरीत प्रभाव पड़ता है, की तुलना में इस पर होनेवाला व्यय भी नगण्य है।

इस पुस्तक में दिल के दौरे के निरोधात्मक उपायों को स्पष्ट किया गया है। ऐसी आशा की जाती है कि संबद्ध व्यक्तियों, उनके परिवारों एवं संपूर्ण राष्ट्र को इन उपायों से अनमोल लाभ मिलेगा।

इस पुस्तक के लिए जिन थोड़े से नामों पर विचार किया गया, उनमें 'हार्ट की देखभाल' मुझे सर्वाधिक उचित और आकर्षक लगा। इसके लिए मैं सुप्रसिद्ध शिक्षाशास्त्री और भूतपूर्व राजनयिक माननीय श्री के.आर. नारायणन का आभार मानता हूँ। इस पुस्तक की आहार सारणियों को तैयार करने में

श्रीमती रेखा शर्मा से मुझे भरपूर सहायता मिली, इस हेतु मैं उन्हें धन्यवाद देता हूँ। मेरी पत्नी भूपेंदर एवं पुत्र हरप्रीत तथा असजीत ने मेरे हिस्से के गृहकार्यों का भार उठाकर मुझे पुस्तक को पूरा करने हेतु पर्याप्त समय उपलब्ध कराया। इसके लिए मैं उनका हार्दिक आभार मानता हूँ। जैसा कि पुस्तक को समर्पित करते हुए संकेत दिया गया है, यह एक 'समग्रतापूर्ण अवधारणा' पर आधारित है, ऐसी आशा की जाती है कि इस उपागम का उपयोग हृदय की रक्षा तक ही सीमित नहीं रहेगा, बल्कि स्वास्थ्य-रक्षा के संपूर्ण आयामों को अपने अंदर परिवलयित कर लेगा।

24 जनवरी, 1990

—डॉ. एच.एस. वसीर

अनुक्रम

	प्रस्तावना	*7*
	भूमिका	*9*
	आभार-ज्ञापन	*11*
	आमुख	*13*
1.	मन, शरीर और हृदय	19
2.	हृदय की देख-रेख : एक समग्रात्मक उपागम	27
3.	छाती का दर्द : इसका ज्ञान और उपचार	35
4.	हृद्स्पंदन में व्यतिक्रम	42
5.	दिल का दौरा : उपचार से उत्तम निरोध	45
6.	कार्यपालक का हृदय : समस्याएँ और समाधान	52
7.	अपने हृदय की स्वयं देखभाल	58
8.	रक्तचाप	64
9.	उच्च रक्तचाप का गैर-औषधीय उपचार	68
10.	निम्न रक्तचाप	78
11.	धूम्रपान और हृदय	82
12.	गर्भावस्था और हृदय	87
13.	मधुमेह और हृदय	90
14.	हार्दिक संवाद	93
15.	चिकित्सा—एक अन्य आयाम : शब्दों की उपचारात्मिका शक्ति	100
16.	भूटान का एक अनुभव	106
17.	हृदयाघात का अर्थशास्त्र	116
18.	पर्यावरण और हृदय	123
19.	हृदय और आहार	133
	परिशिष्ट	140
	उच्च एच.डी.एल. आहार	153
	सम्मतियाँ	168

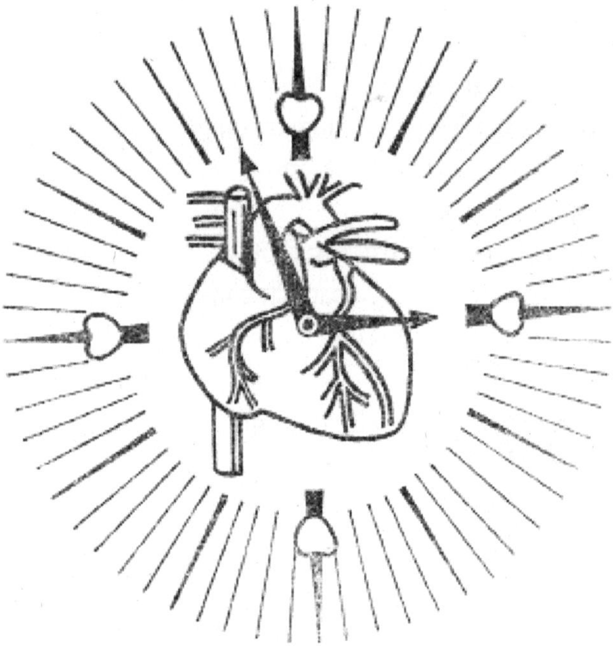

इसे स्पंदित रखें

1

मन, शरीर और हृदय

बौद्धिक सुख स्थायी होता है, हृदय का सुख क्षणिक

—हेनरी डेविड थोरे

स्वास्थ्य संबंधी अंतरराष्ट्रीय संस्था विश्व स्वास्थ्य संगठन द्वारा स्वास्थ्य की परिभाषा इस प्रकार दी गई है, ''पूर्ण शारीरिक, मानसिक और सामाजिक स्वास्थ्य की अवस्था है, न कि सिर्फ रोग या दुर्बलता का अभाव।'' यदि स्वास्थ्य पर समग्रतापूर्ण दृष्टिकोण से विचार किया जाए तो इस परिभाषा में 'आध्यात्मिक स्वास्थ्य' को जोड़ना शायद अप्रासंगिक नहीं होगा। सामाजिक अवस्था आंशिक रूप से आर्थिक स्थिति से संबद्ध होती है, जो वास्तव में व्यक्ति के शारीरिक और मानसिक स्वास्थ्य पर निर्भर करती है। व्यक्ति द्वारा शारीरिक, मानसिक और सामाजिक पहलुओं में पूर्णता की प्राप्ति के लिए आध्यात्मिक घटक प्राय: एक उत्प्रेरक कारक के रूप में कार्य करते हैं। यदि शारीरिक और मानसिक पहलुओं का समुचित रूप से ध्यान रखा जाए तो सामाजिक पहलू कोई बड़ी समस्या नहीं बन सकेगा। शारीरिक और मानसिक दृष्टि से स्वस्थ लोग सामान्यत: स्वयं को सामाजिक परिवेश के भी अनुकूल पाते हैं। इस प्रकार स्वास्थ्य रक्षा का संपूर्ण विषय मनुष्य की शारीरिक एवं मानसिक संरचनाओं को ठीक अवस्था में रखने से संबंधित

है। स्वास्थ्य रक्षा के संदर्भ में चिकित्सा, शल्यक्रिया एवं अन्य पद्धतियों की रोगोपचार में भूमिका है, लेकिन एक और भी महत्त्वपूर्ण समस्या है, जिसके प्रति विश्व स्वास्थ्य संगठन निरंतर अधिक चिंतित रहा है, वह है—विभिन्न रोगों का निरोधात्मक पहलू। जहाँ तक हृद्‌वाहिका संबंधी रोगों का संबंध है, विश्व स्वास्थ्य संगठन द्वारा पूर्व में इस पर अनेक कर्मशाला समूहों की बैठकों का आयोजन किया गया है। हृदय के दौरों के निरोध तथा उच्च रक्तचाप के नियंत्रण पर इसके द्वारा अनेक निर्देश-पत्रों एवं तकनीकी प्रतिवेदनों की शृंखलाएँ प्रकाशित की गई हैं।

संप्रति, मैं मानसिक नियंत्रण और शारीरिक कार्यों के बीच की अंत:क्रियाओं के हृदय के स्वास्थ्य पर पड़नेवाले प्रभावों पर विचार करना चाहूँगा। मस्तिष्क सहित शरीर के अन्य प्रमुख अंगों के सामान्य क्रिया-कलापों के संदर्भ में हृदय की भूमिका सर्वाधिक महत्त्वपूर्ण है। हृदय स्वामी है या सेवक, हम सभी प्राय: ऐसा सोचते हैं कि यह एक शक्तिशाली स्वामी है, जिसके नियंत्रण में संपूर्ण शरीर कार्य करता है, क्या ऐसा सोचना ठीक है? यह इस अर्थ में सही है कि जब हृदय निष्क्रिय हो जाता है तो अन्य सभी अंग कार्य करना बंद कर देते हैं और मानव शरीररूपी मशीन की गति रुक जाती है। अब एक अन्य दृष्टि से सोचिए। आप पूर्णत: शांत और प्रसन्न मुद्रा में बैठे हुए हैं। सिर्फ इस विचार से कि व्याख्यान के बाद कोई व्यक्ति प्रश्न पूछने जा रहा है, या असमय में दरवाजे की घंटी बज उठने से आपका हृदय तीव्रतर गति और अधिक वेग से धड़कने लगता है।

अति उत्तेजित अवस्था में या किसी दु:खद समाचार के सुनने पर हृदय की गति का रुक जाना, एक ऐसा अनुभव है, जिससे हम सभी पूर्णत: परिचित हैं। हृदय के संदर्भ में मन की सशक्त भूमिका के ये कुछ उदाहरण हैं। अब हम हृदय के संबंध में शारीरिक क्रिया-कलापों की भूमिका पर विचार करें। यदि कोई व्यक्ति हृदय रोग के अलावा किसी अन्य बीमारी से ग्रस्त रहने के कारण कुछ समय से शारीरिक रूप से निष्क्रिय रहा है और तदुपरांत जब वह चलने-फिरने लगता है, तब धड़कन या लघु श्वसन का अनुभव करता

है। दूसरी तरफ, शरीर से सक्रिय मनुष्य शारीरिक और मानसिक दबाव की आकस्मिक चुनौती को अधिक अच्छी तरह सह सकते हैं और इस प्रक्रिया में वे अपने हृदय पर किसी गंभीर प्रभाव का अनुभव नहीं करते। हृदय रोग संबंधी साहित्य ऐसे अध्ययनों से भरे हुए हैं, जिनसे स्पष्ट होता है कि मानसिक तनाव में रहनेवाले और निरुद्यमी जीवन बितानेवाले व्यक्ति हृदय के दौरे के अधिक शिकार होते हैं। आयुर्वेद शास्त्रों में मानव के स्वास्थ्य पर ध्यान एवं हलके शारीरिक व्यायाम के सकारात्मक प्रभावों का वर्णन किया गया है। भूटान में मेरे हाल के अनुभव से हृदय के दौरों की रोकथाम के संबंध में विश्रांत मन और शारीरिक व्यायाम की सकारात्मक भूमिका के प्रति मेरा विश्वास और अधिक दृढ़ हो गया है। भूटानी लोग शायद ही कभी दिल के दौरे का शिकार होते हैं। वे शरीर से अति सक्रिय होते हैं। वे मानसिक दृष्टि से विश्रांत, शांतिप्रिय और सहिष्णु होते हैं।

अशांत मन और अत्यधिक मानसिक तनाव, दबाव और चिंता के निम्नलिखित परिणाम होते हैं—(1) हृदय के संकुचन की शक्ति और गति में वृद्धि, (2) उच्चतर रक्तचाप, (3) केटेकोलेमान वर्ग, रक्त-वसा और बिंबाणु चिपचिपापन के संचार में वद्धि, (4) हृद्-धमनियों का, जो हृदय को रक्त या ऑक्सीजन की आपूर्ति करनेवाली वाहिकाएँ हैं, संकुचन या ऐंठन तथा (5) हृद् अतालता या हृदय का अनियमित स्पंदन। इन प्रक्रियाओं के बार-बार घटित होने के परिणामस्वरूप हृदय को गंभीर नुकसान पहुँच सकता है। वह हृत्शूल या हृदय के घातक दौरे का शिकार हो सकता है। अतः मन को प्रशिक्षित कर तनावपूर्ण परिस्थितियों के कारण होनेवाले दिल के दौरे से व्यक्ति की रक्षा की जा सकती है। प्रार्थना, अनुभवातीत या अन्य ध्यान पद्धति एवं विभिन्न यौगिक क्रियाओं जैसी अति प्राचीन विधियों के उपयोग द्वारा मन को इस प्रकार से प्रशिक्षित करना संभव है। इन समस्त प्रक्रियाओं को शरीर क्रिया विज्ञान के मात्र एक शीर्षक 'शिथिलन अनुक्रिया' के अंतर्गत रखा जा सकता है। पूर्ण शारीरिक एवं मानसिक विश्रांति प्रदान करनेवाली महत्त्वपूर्ण यौगिक विधियों में शवासन एक प्रमुख विधि है।

योगासनों, ध्यान के अभ्यासों एवं धार्मिक मूल ग्रंथों या पवित्र मंत्रों—ॐ, सोहम्, सतनाम के मौन पाठ के निम्नलिखित परिणाम होते हैं : (1) हृदय की गति में वांछित कमी, (2) रक्तचाप का नियंत्रण, (3) हृदय के स्पंदनों का नियमन और (4) तनावपूर्ण परिस्थितियों में शरीर में होनेवाले अवांछित हार्मोन एवं चयापचयी परिवर्तनों का निवारण। अतः शिथिलन अनुक्रिया के नियमित अभ्यास के फलस्वरूप मन इस तरह प्रशिक्षित हो जाता है कि जीवन के दैनिक दबावों के कारण हृदय के क्रिया-कलापों में गड़बड़ी उत्पन्न नहीं होती है। परिणामस्वरूप हृत्शूल, हृद् अतालता, उच्च रक्तचाप एवं दिल के दौरों के निवारण में सहायता मिलती है। मानसिक विश्रांति के लिए ली गई प्रशांतक या शामक औषधियों का प्रभाव क्षणिक होता है। ये एक व्यसन बन जाती हैं तथा इनके सेवन के कारण अनेक पार्श्व-प्रभाव भी पड़ते हैं।

शारीरिक व्यायाम और हृदय

अनेक अध्ययनों से यह सिद्ध हुआ है कि शरीर से सक्रिय रहनेवाले लोग निरुद्यमी जीवन बितानेवालों की अपेक्षा हृदय के दौरों से कम ग्रस्त होते हैं। लंदन के बस चालकों, कंडक्टरों एवं डाक कर्मचारियों पर किए गए एक शोध से यह पता चला है कि वहाँ की दुमंजिला बस में हमेशा ऊपर-नीचे करते रहनेवाले कंडक्टरों तथा घर-घर घूमनेवाले डाकियों की तुलना में बस चालक या डाकखाने में कार्य करनेवाले लिपिक दिल के दौरों के अधिक शिकार होते हैं।

व्यायामों का हृद्वाहिका पर प्रभाव उनकी तीव्रता प्रकृति और अवधि पर निर्भर करता है। व्यायाम दो प्रकार के होते हैं : गतिशील, समपरासारी तथा ऐरोबिक्स या धैर्यापेक्षी, जैसे—तैरना, टहलना, दुलकी चाल चलना या साइकिल चलाना; और दूसरे प्रकार के गतिहीन, सममितीय या ऐनोरोबिक, जैसे—भारोत्तोलन, कुश्ती या चक्का फेंकना। हृद्वाहिका तंत्र के लिए सामान्यतः गतिशील अभ्यास करने की सलाह दी जाती है। ये हृदय की स्वस्थ अवस्था में या रोग के बाद उसमें सुधार हेतु लाभकारी होते हैं।

गतिशील व्यायामों के नियमित अभ्यास से हृद्वाहिका तंत्र में निम्नलिखित परिवर्तन होते हैं—

1. शारीरिक व्यायाम के परिणामस्वरूप स्थायी रूप से पूर्ण या सापेक्ष हृद्मंदता की प्राप्ति होती है। दूसरे शब्दों में, हृदय की गति अधिक धीमी हो जाती है और शारीरिक दबाव या तनाव की स्थिति में भी बहुत तेज नहीं होती है। अंततोगत्वा ये दोनों प्रभाव हृदय के लिए लाभकारी होते हैं।

2. व्यायाम की अधिकतम क्षमता अभ्यास की मात्रा और अवधि के अनुसार रैखिक रूप से बढ़ती है। बाद में पेशियों की ऑक्सीकर क्षमता सुस्पष्ट रूप से बढ़ती है। तदनुसार रक्त-कोशिकाओं का कड़ापन भी घटता है।

3. शारीरिक रूप से प्रशिक्षित जीवों के हृदय में ग्लाइकोजन का संग्रह अधिक रहता है तथा हृत्पेशीय ग्लाइकोजन संश्लेषण प्रक्रिया तीव्रतर पाई जाती है। श्रमसाध्य व्यायाम के समय ऐसे हृदयों की ऐनोरोबिक क्षमता अधिक होती है। प्रशिक्षित हृदयों में सूत्रकणिका-समूह (mitochondrion) की मात्रा भी अधिक रहती है। इससे ऐसे हृदयों की ऑक्सीकर क्षमता में वृद्धि होती है।

4. ऐसा देखा गया है कि शारीरिक व्यायाम के द्वारा 'कोरोनरी हृदय रोग' से ग्रस्त व्यक्तियों की हृत्शूल अवसीमा बढ़ती है अर्थात् अब उन्हें अल्प उच्छिष्ठ व्यायाम के उच्च स्तर के बाद हृत्शूल होता है। व्यायाम के बाद पैर की पेशियों के अधिक सक्षम हो जाने के परिणामस्वरूप ऐसा हो सकता है या कोरोनरी समपार्श्वी कोशिकाओं के खुलने के कारण।

5. हमारे अपने एवं अन्य अनेक शोधकार्यों से पता चला है कि दो से तीन महीने तक शारीरिक व्यायाम करने के बाद मंद या साधारण उच्च-रक्तचाप के रोगियों के रक्तचाप में थोड़ी कमी आती है।

उच्च रक्तचाप के अधिकांश रोगियों का रक्तचाप सामान्य से थोड़ा ही अधिक रहता है। अत: ऐसे रोगियों की चिकित्सा के लिए शारीरिक व्यायाम प्रथम 'औषधि' के रूप में अवश्यमेव विहित (प्रेस्क्राइब्ड) किया जा सकता है। स्थूल शरीरवाले रोगियों के लिए खाद्य नमक तथा कैलोरी अंतर्ग्रहण को नियंत्रित किया जाना चाहिए।

6. सामान्य कठिनाईवाले (नाड़ी की गति = 180—उम्र) व्यायामों के नियमित अभ्यास से स्थूल शरीरवाले व्यक्तियों का वजन घटता है, गैर-इंसुलिन पर निर्भर रहनेवाले मधुमेह रोगियों की रक्त-शर्करा में सुधार होता है तथा उन्हें मधुमेह नाशक औषधियों की कम आवश्यकता होती है। स्थूल शरीरवाले मधुमेह-आक्रांत व्यक्तियों के रोग को नियंत्रित करने के लिए नियंत्रित भोजन और व्यायाम ही पर्याप्त हैं। अनियंत्रित मधुमेह के कारण हृदय की मांसपेशियाँ तथा रक्त-वाहिकाएँ क्षतिग्रस्त हो जाती हैं और इनके परिणामस्वरूप हृदयाघात होता है। अतः हृदयाघात के निरोध के लिए प्रारंभ में ही मधुमेह का पता लगाना और उसे समुचित रूप से नियंत्रित करना आवश्यक है। इस प्रसंग में अनेक रोगियों के लिए शारीरिक व्यायाम अत्यधिक लाभदायक होता है।

7. शारीरिक व्यायाम के परिणामस्वरूप रक्तवसा कण तथा रक्त-थक्वाकरण तंत्र में लाभदायक परिवर्तन होते हैं। यह रक्त के 'एलडीएल' कोलेस्टेरॉल और ट्राइग्लिसराइड को घटाता है तथा उत्तम या हृदय रक्षक कोलेस्टेरॉल या 'एचडीएल' को बढ़ाता है। सामान्य व्यायाम के दीर्घकालीन सामान्य अभ्यास से फाइब्रिनोलाइटिक क्रिया या रक्त-थक्वाकरण अवरोधी क्रिया की गति बढ़ जाती है।

इस प्रकार शारीरिक व्यायाम के अनेक हृद्-रक्षक प्रभाव होते हैं, तथापि इनके अभ्यास की सलाह देने के पूर्व कुछ सावधानी बरतनी आवश्यक है। अभ्यास के दौरान प्रत्यक्षतः सामान्य स्वास्थ्यवाले व्यक्तियों (खिलाड़ियों) एवं हृदय रोग से ग्रस्त व्यक्तियों की मृत्यु होते देखी गई है। अभ्यास के श्रमसाध्य कार्यक्रम को प्रारंभ करने के पूर्व खिलाड़ियों की हृद्वाहिका की व्यापक जाँच होनी चाहिए ताकि हृदय रोग की शंका को पूर्णतः निर्मूल किया जा सके, क्योंकि खिलाड़ियों में प्रायः वैसे लोगों की ही मृत्यु हुई है, जिन्हें हृदय संबंधी कुछ समस्याएँ थीं। व्यायाम के समय प्रायः अधिक उम्र के वैसे हृदय रोगियों का देहांत होता है, जो कभी-कभी अनभ्यस्त या अत्यधिक अभ्यास करने लगते हैं।

व्यायाम से पर्याप्त आत्मविश्वास और पूर्ण शारीरिक शिथिलीकरण की प्राप्ति होती है। ऐसा संभवत: इसलिए होता है कि रक्त-संचार में एडोफिन्स मुक्त होता है, जिससे व्यक्ति अच्छा अनुभव करता है। इससे न केवल जीवन के वर्ष बढ़ जाते है, वरन् उन बढ़े वर्षों में जीवन आ जाता है। पेट भरा रहने पर, ज्वरावस्था से स्वस्थ होने पर और 2500 मीटर से अधिक ऊँचाई पर जाने के एक-दो दिनों बाद तक कठिन व्यायाम नहीं करना चाहिए।

आजकल हृदय के दौरे के कारण अनेक बहुमूल्य जीवनों का अंत उनकी सर्वाधिक उपयोगी आयु में हो रहा है। इस स्थिति में हम ऐसी औषधियों की खोज कर रहे हैं, जो रक्त-कोलेस्टेरॉल को कम करे, रक्त-चाप नियंत्रित करे, हृदय की रक्त आपूर्ति में वृद्धि करे, रक्त के थक्कों को घुला सके तथा हृदय अतालता का सुधार कर सके। इन आवश्यकताओं को आंशिक रूप से पूर्ति करनेवाली औषधियों के अनेक पार्श्व-प्रभाव भी होते हैं।

मुझे ऐसी दो 'औषधियों' की जानकारी है, जो हृदय की ऑक्सीजन की आवश्यकता को सीमित करती हैं, धड़कन की अनियमितता को नियमित तथा उच्च रक्तचाप को सामान्य बनाती हैं, साथ ही, रक्त के प्रवाहक गुणों में सुधार लाती हैं, प्रतिघनास्त्री (anti-thrombatic) प्रभाव डालती हैं, हानिकारक 'एलडीएल' कोलेस्टेरॉल को घटाती एवं सहायक 'एचडीएल' कोलेस्टेरॉल को बढ़ाती हैं। इस प्रकार हृदय को अनेक लाभ मिलते हैं और इनका कोई अवांछित पार्श्व-प्रभाव भी नहीं पड़ता है। ये दो औषधियाँ हैं—नियंत्रित मन के द्वारा प्राप्त **मानसिक विश्रांति** तथा **नियमित शारीरिक व्यायाम**।

''हृदय की कठोरता से अधिक बुरा एक ही गुण है
और वह है—मस्तिष्क की कोमलता।''

—थियोडोर रूजवेल्ट

□

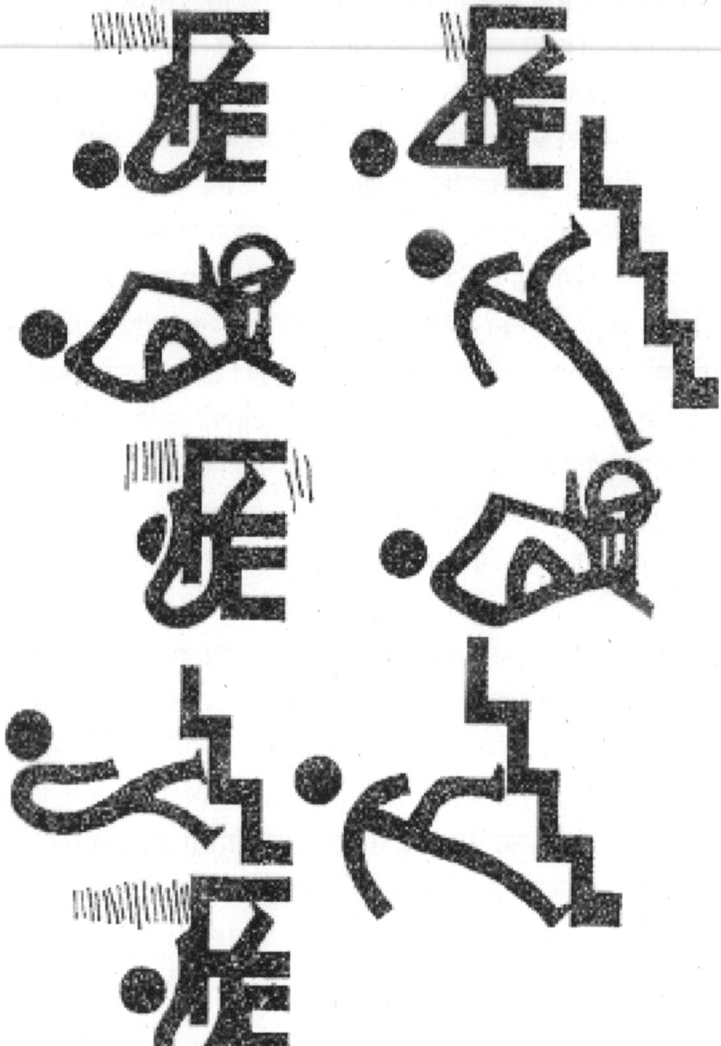

नियमित शारीरिक व्यायाम न केवल आयु में वर्षों की वृद्धि करता है,
वरन् वर्षों की आयु वृद्धि में भी करता है।

2

हृदय की देख-रेख : एक समग्रात्मक उपागम

''हृदयों की पावनता तथा कल्पनाशक्ति की वास्तविकता के अतिरिक्त अन्य किसी चीज में मुझे पक्का विश्वास नहीं है।''

—जॉन कीट्स

कवि, दार्शनिक, उपदेशक और चिकित्सक—सभी ने मानव शरीर-तंत्र में हृदय को अत्यधिक महत्त्व दिया है। आधुनिक विज्ञापन की शब्दावली में रेफ्रिजरेटर या वातानुकूलक जैसी मशीन में भी उसके सर्वाधिक महत्त्वपूर्ण पुर्जे संपीड़क (compressor) को उसका हृदय कहा जाता है।

क्या हमारा हृदय यथार्थत: हमारे शरीर का स्वामी है? क्या यह पूर्णत: आत्मनिर्भर होकर कार्य कर सकता है? हृदय को आक्रांत करनेवाले रोगों के संदर्भ में वह प्राय: अन्यत्र हो रही प्रतिकूल क्रियाओं का लक्ष्य होता है या प्रेरक? हृदय से संबद्ध समस्याओं के बढ़ते हुए प्रभाव-क्षेत्र के कारण ये प्रश्न बहुत महत्त्वपूर्ण हो जाते हैं। इन्हें नियंत्रित करने हेतु उपलब्ध सीमित साधनों के सदुपयोग की दृष्टि से भी इनका महत्त्व बहुत अधिक है।

संयुक्त राज्य अमेरिका एवं कुछ अन्य यूरोपीय देशों के समान अति

उद्योगीकृत देशों में 60 से 70 प्रतिशत मत्यु हृदय, रक्तवाहिकाओं और उच्च रक्तचाप की बीमारियों के कारण ही होती है। भारत में इस संबंध में पर्याप्त आँकड़े उपलब्ध नहीं हैं, लेकिन प्रमुख शहरों में लगभग 30 प्रतिशत मृत्यु हृदय एवं रक्तचाप की बीमारियों के कारण ही होती है। हम पाते हैं कि अखिल भारतीय आयुर्विज्ञान संस्थान (एम्स) के हृदय चिकित्सालय में प्रतिवर्ष लगभग 10,000 नए हृदय-रोगी आते हैं। यह संख्या अब तो धीरे-धीरे बढ़ती ही जा रही है। विभिन्न प्रकार के हृदय रोग निम्नलिखित हैं :

(1) जन्मजात, (2) रूमेटी, (3) कोरोनरी, (हृदयपात एवं हृत्शूल), (4) उच्च रक्तचापीय हृदय रोग, (5) हृद् अतालता (नाड़ी-लय की अनियमितता), (6) हृदय एवं हृदयावरण का संदूषण और (7) हृत्पेशी विकृतियाँ (हृत्पेशीय रोग)।

भारत में रूमेटी हृदय रोग सर्वाधिक सामान्य बात है। उसके बाद क्रमशः हृद्वाहिका एवं उच्च रक्तचाप से संबद्ध तथा जन्मजात हृदय रोगों का स्थान आता है। लगभग 5 से 10 प्रतिशत शहरी और 3 से 5 प्रतिशत ग्रामीण लोग उच्च रक्तचाप से ग्रस्त हैं। पश्चिमी देशों में रूमेटी हृदय रोग वस्तुतः एक काल्पनिक बात है। इसका कारण उनका उन्नत जीवन-स्तर और सामाजिक स्थिति हो सकती है, तथापि उनकी प्रमुख समस्या उच्च रक्तचाप एवं हृद्वाहिका से संबंधित हृदय रोग हैं। यदि पर्याप्त सामाजिक निरोध के उपाय नहीं किए गए तो वह दिन दूर नहीं, जब हृदवाहिका से संबंधित बीमारी (दिल का दौरा) तथा उच्च रक्तचाप संक्रामक रोगों का रूप ले लेंगे। बंबई जैसे नगर में किए गए एक अध्ययन से पता चला है कि वहाँ रहनेवाले 15 प्रतिशत वयस्क लोग उच्च रक्तचाप से पीड़ित हैं। संप्रति दिल के दौरों का प्रहार चालीस-पचास वर्ष के बीचवाले अपेक्षाकृत कम वृद्ध लोगों पर हो रहा है। इसके परिणामस्वरूप संबंधित परिवारों को अपार कष्ट झेलना पड़ता है एवं जीवन की सर्वाधिक उपयोगी आयु में राष्ट्र की प्रतिभा की भारी क्षति होती है।

किसी समस्या का समाधान या किसी रोग की चिकित्सा करने के लिए सर्वप्रथम उसके कारणों का पता लगाना होता है। दुर्भाग्यवश अनेक विकसित

देशों में भी सर्वाधिक संहारक बीमारी–हृद्वाहिका रोग (दिल का दौरा) के सही कारणों का अभी भी पता नहीं चला है। अत: हम न तो प्रतिरक्षण या टीकाकरण जैसा कोई प्रभावशाली निरोधक कदम उठा सकते हैं और न कोई विशिष्ट चिकित्सात्मक पद्धति ही अपना सकते हैं, तथापि आधुनिक चिकित्सा–विज्ञान के पास दिल के दौरे के बाद उत्पन्न विभिन्न जटिलताओं की चिकित्सा तथा निरोध के प्रभावकारी साधन हैं। हमारे पास शल्य–चिकित्सा के भी अत्युत्तम साधन उपलब्ध हैं, जिनकी सहायता से जीवन में गुणात्मक सुधार लाया जा सकता है तथा दिल के भावी दौरे को रोककर आयु को अधिक लंबा बनाया जा सकता है, किंतु ऐसा थोड़े से रोगियों के संबंध में ही संभव है, क्योंकि बहुत से रोगियों की मृत्यु दिल का दौरा आने के कुछ घंटों के अंतर्गत हो जाती है। दिल के दौरे से होनेवाली 70 प्रतिशत मृत्यु तो प्रथम दौरा आने के कुछ ही घंटे के भीतर हो जाती है। इसके अतिरिक्त, दिल के दौरे से ग्रस्त रोगियों की विभिन्न शल्य क्रियाओं पर होनेवाला व्यय भी निश्चय ही बहुत अधिक है।

उच्च रक्तचाप के 90 प्रतिशत वयस्क रोगियों के रोग के कारणों (प्रारंभिक या अज्ञातहेतुक उच्च रक्तचाप) का हमें पता नहीं है और इसलिए इस बीमारी को निर्मूल करने के प्रभावशाली उपाय भी संप्रति हमारे पास नहीं हैं। यद्यपि आधुनिक मनुष्य के इन दो प्रच्छन्न हत्यारों की पृष्ठभूमि में जो कारण हैं, उनकी जानकारी हमें नहीं है, तथापि हम जानते हैं कि ये बीमारियाँ निम्नलिखित परिस्थितियों और व्यक्तियों से संबंधित होती हैं :

(1) अति उद्योगीकृत समाज और विशेषकर नए देशांतरण किए लोग, जैसे—संयुक्त राज्य अमेरिका के नीग्रो और इंग्लैंड में रहनेवाले एशियाई मूल के लोग, (2) धूम्रपान करनेवाले, (3) स्थूल शरीरवाले तथा निरुद्यमी लोग, (4) उच्च रक्त–लाइपिड्स (कोलेस्टेरॉल) आदि, ग्लूकोज के प्रति असहिष्णु (मधुमेह के रोगी) और रक्त में अधिक यूरिक अम्लवाले लोग, (5) तनावपूर्ण व्यक्तित्ववाले (ए श्रेणी) तथा अधिक उत्तरदायित्वपूर्ण पदों और कार्यों से जुड़े हुए व्यक्ति, जैसे—बैंक के प्रबंधक, वायु यातायात नियंत्रक

कार्मिक और भीड़भाड़ वाले शहरों के बस चालक।

किंतु ऐसे बहुत सारे लोग हैं, जिनका संकट के उपरोक्त कारकों से कुछ भी संबंध नहीं है और फिर भी वे दिल के दौरे का शिकार होते हैं। हम इस प्रकार की घटना की कोई व्याख्या प्रस्तुत नहीं कर सकते, तथापि जब हम हृदय की देख-रेख और उच्च रक्तचाप की समस्याओं से संबंधित निरोधक उपायों की चर्चा करते हैं, तो यह महत्त्वपूर्ण हो जाता है कि ज्ञात हृद्धमनी-संकट के कारकों का निरोध (प्रारंभिक निरोध) किया जाए। ऐसा करने का सर्वोत्तम तरीका औषधि के अतिरिक्त कोई अन्य उपाय अपनाना है। इस सोच के परिणामस्वरूप हमारे सामने यह प्रश्न उपस्थित होता है कि खतरे के इन घटकों से किस प्रकार निपटा जाए।

यद्यपि हृदय रक्त परिसंचरण के माध्यम से शरीर के सभी भागों को पोषण तत्त्व आपूर्ति करनेवाला अति महत्त्वपूर्ण अंग है, तथापि यह शरीर के भीतर और बाहर से आनेवाले सभी पोषक रासायनिक या भावनात्मक उद्दीपनों के प्रति अति संवेदनशील है। इसके स्वास्थ्य के संदर्भ में आहार और भावनाओं का विशिष्ट महत्त्व है। सर्वाधिक प्रभावी ढंग से हृदय की देख-रेख करने के लिए हमें उन समस्त घटकों पर विचार करना होगा, जिनका हृदय के क्रियाकलापों पर प्रत्यक्ष या अप्रत्यक्ष प्रभाव पड़ सकता है। इसके बिना समस्त प्रयास वैसे ही होंगे जैसे पौधे की जड़ को भूलकर उसके पत्तों की सिंचाई करना।

हृदय की देखभाल से संबंधित मेरे समग्रतापूर्ण उपागम का तात्पर्य यह है कि किसी लक्ष्य की प्राप्ति के लिए किए गए समस्त प्रयासों का वास्तविक प्रभाव उनके गणितीय योगफल से अधिक होता है। स्वास्थ्य-रक्षा का समग्रात्मक उपागम मुख्यत: एक निरोधात्मक उपागम है। इसकी उत्पत्ति वास्तव में विश्व स्वास्थ्य संगठन द्वारा प्रस्तुत स्वास्थ्य की परिभाषा से होती है, ''स्वास्थ्य का अर्थ है शारीरिक, मानसिक और सामाजिक स्वास्थ्य, न कि केवल रोग या कमजोरी का अभाव।'' मैं अनुभव करता हूँ कि वर्तमान संदर्भ में इस परिभाषा के साथ 'आध्यात्मिक स्वास्थ्य' को जोड़ देना अप्रासंगिक

नहीं होगा।

जीवन-स्तर के उन्नत होने के बावजूद आजकल प्राय: कम उम्र का युवा वर्ग अपेक्षाकृत उच्च रक्तचाप एवं दिल के दौरों का शिकार हो रहा है। दु:ख की बात है कि बहुत से लोग अपने कठिन श्रम का फल भोगने के लिए अधिक दिन जीवित नहीं रह पाते हैं। क्या हमने कभी उन कारणों पर विचार किया है कि आर्थिक समृद्धि और औद्योगिकीकरण के साथ-साथ 'दिल का दौरा' नामक संक्रामक रोग क्यों फैलता जा रहा है ? हमारे पास इतना समय ही नहीं है कि हम थोड़ा रुककर, ठहरकर सोचें कि हमसे कहाँ भूल हो रही है। यह एक प्रमाणित तथ्य है कि इस बीमारी का आज की बदलती हुई जीवन-पद्धति से घनिष्ठ संबंध है।

जैसा कि पूर्व में उल्लेख किया गया है, अत्यधिक धूम्रपान, अति कोलेस्टेरॉलयुक्त आहार, शारीरिक निष्क्रियता तथा तनाव एवं चिंतायुक्त प्रतिकूल वातावरण कुछ ऐसे पूर्णत: ज्ञात कारण हैं, जो किसी व्यक्ति के दिल के दौरे के आनेवाले खतरे को बढ़ाते हैं।

जैसा कि डॉ. बर्नाड लोन एवं अन्य विशेषज्ञों ने प्रमाणित किया है, हृदय के क्रियाकलापों पर भावनाओं का प्रबल नियंत्रण होता है। ऐसा पाया गया है कि भावनात्मक अशांति के कारण विभिन्न प्रकार की हृदय अतालताएँ उत्पन्न होती हैं। पशुओं के बच्चों को प्रतिकूल परिवेश में रखने से उनका भी रक्तचाप बढ़ जाता है। यह तथ्य वैसे मनुष्यों के संबंध में भी सत्य सिद्ध हुआ है, जिनका प्रव्रजन दूरस्थ द्वीपों से मुख्यभूमि पर होता है। हृद्वाहिका संबंधी रोगों के बढ़ते हुए प्रभाव क्षेत्र को सीमित करने का प्रभावी उपाय क्या हो सकता है ? औषधि उद्योगों के द्रुत विकास से भी लोगों के दिल के दौरे से आक्रांत होने की परिस्थितियों को कम करने में निश्चय ही कोई सहायता नहीं मिली है।

विगत दो दशाब्दियों में संयुक्त राज्य अमेरिका तथा कुछ विकसित पश्चिम यूरोपीय देशों में हृद्वाहिका रोग के विस्तार-क्षेत्र में लगभग बीस प्रतिशत कमी आई है। दिल के दौरों में यह कमी किसी विशिष्ट दवा के उपयोग का परिणाम

नहीं है। इसके निम्नलिखित कारण बतलाए जाते हैं : (1) धूम्रपान से परहेज, (2) भोजन की आदतों में परिवर्तन—अधिक शाकाहारी आहार लेना तथा अंडा और अति कोलेस्टेरॉलयुक्त खाद्य पदार्थों के उपयोग को न्यूनतम करना, (3) अधिक शारीरिक व्यायाम करना और (4) योग तथा ध्यान जैसे मानसिक विश्रांति के साधनों को अपनाना। हृदय रोगों से होनेवाली मौतों को कम करने के उद्देश्य से औषधियों के उपयोग पर किए गए अनेक अध्ययनों के फलस्वरूप कोई प्रामाणिक परिणाम सामने नहीं आए हैं। लंबी अवधि तक औषधियों के उपयोग का गंभीर पार्श्व-प्रभाव होता है। विश्व स्वास्थ्य संगठन ने उच्च रक्तचाप के प्रारंभिक निरोध तथा गैर-औषधीय नियंत्रण हेतु निम्नलिखित उपायों की अनुशंसा की है—

(1) नमक के ग्रहण को सीमित करना तथा भोजन के समय अतिरिक्त नमक के उपयोग से परहेज करना।

(2) स्थूलकाय व्यक्तियों के वजन को नियंत्रित करना।

(3) अल्कोहल का अधिक सेवन नहीं करना।

(4) नियमित रूप से शारीरिक व्यायाम करना।

(5) पर्यावरण तथा मनो-सामाजिक कारकों में परिवर्तन करना।

(6) योग एवं ध्यान जैसी विश्रांति की विधियों का उपयोग करना।

मैं यह नहीं जानता कि अत्यधिक भौतिकवादी और अति तकनीकी द्रुतगामी आधुनिक समाज पर इन अनुशंसाओं का कितना प्रभाव पड़ेगा, किंतु मैं आपके समक्ष आयुर्वेद द्वारा प्रतिपादित पूर्ण स्वास्थ्य-रक्षा की समग्रात्मक अवधारणा को प्रस्तुत करने का प्रयास अवश्य करूँगा। स्वास्थ्य-रक्षा का यह बहुआयामी उपागम निम्नलिखित बातों के संबंध में सावधानी बरतने पर निर्भर करता है—

(1) चरित्र-आचरण, (2) विचार, (3) अंतर्वैयक्तिक व्यवहार, (4) आहार, (5) शारीरिक व्यायाम और योगासन। दैनिक जीवन में ही शामिल करना तथा भावनाओं, आहार, निद्रा और यौन-क्रिया (इसका नियमन, पूर्ण निग्रह नहीं) पर समुचित नियंत्रण रखना उत्तम स्वास्थ्य की प्राप्ति तथा उसे

बनाए रखने के लिए आधार-स्तंभ माना गया है। आयुर्वेद ने औषधि द्वारा रोग की चिकित्सा की तुलना में रोग-निरोध हेतु शरीर की देखभाल पर अधिक बल दिया है। उसमें औषधियों के उपयोग की तुलना युद्ध प्रारंभ होने के उपरांत आयुधों का निर्माण शुरू करने से की गई है।

प्रसिद्ध अमेरिकी हृदय रोग विशेषज्ञ डॉ. पॉल डडले व्हाइट, जो हृदय रोग के निरोध की संभावनाओं के कायल थे, ने कहा था, ''80 वर्ष की आयु के पूर्व हृदय रोग होना हमारी गलती का परिणाम है, ईश्वर की इच्छा नहीं।'' डॉ. व्हाइट को 80 वर्षों से अधिक लंबी आयु मिली थी और वे सदैव सक्रिय बने रहे।

निरोध सिर्फ अधिक उत्तम ही नहीं है, बल्कि चिकित्सा से बहुत अधिक सस्ता भी है। प्राय: इस पर कुछ व्यय नहीं करना पड़ता है। केवल भोजन की आदतों और जीवनशैली की दिशा बदलकर जीवन को अधिक प्राकृतिक और आत्म-संयमपूर्ण बनाना है। ये कार्य दु:साध्य मालूम पड़ सकते हैं, क्योंकि व्यक्ति की आदतों को परिवर्तित करना प्राय: बहुत कठिन होता है। खान-पान और रहन-सहन की अच्छी आदतें प्रारंभ करने के संदर्भ में अति विलंब जैसी कोई बात नहीं होती और न उम्र ही बाधक हो सकती है, किंतु इसके लिए सही अवस्था बचपन ही है। उपदेश का सर्वोत्तम तथा सर्वाधिक प्रभावी तरीका है कि हम स्वयं उसका अभ्यास करें।

जीवन में कुछ प्राप्त करने के लिए निरोग शरीर एक आधारभूत आवश्यकता है : शरीरमाद्यम खलु धर्मसाधनम् (समस्त उत्तम कार्यों को संपन्न करने का साधन शरीर ही है)। केवल चिकित्सकों को ही नहीं, बल्कि हम सबों को सामान्यत: अपनी और विशेषकर अपने हृदय की देखभाल करने के अभियान में सहभागी बनना है।

''जिनका हृदय प्रमुदित है, वे निरंतर उत्सवमय हैं।''

—बाइबिल मुहावरे

□

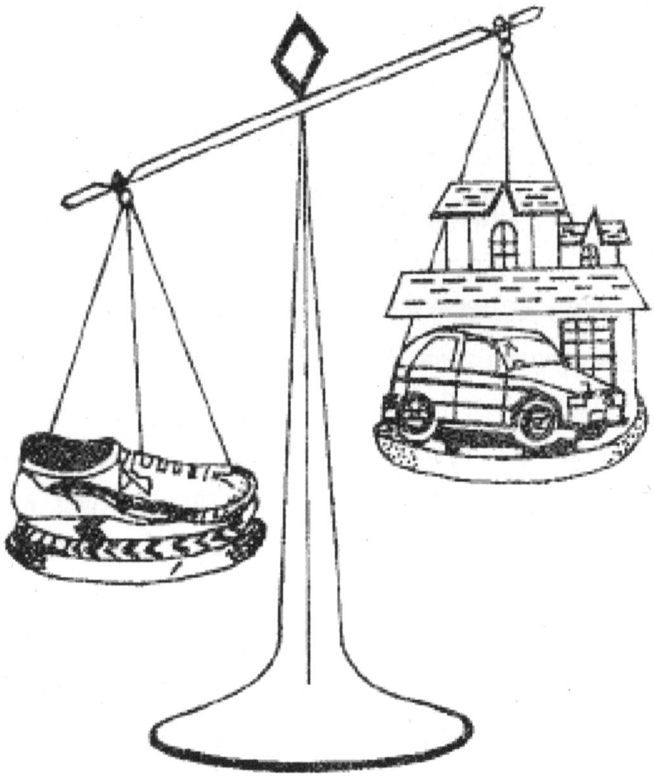

समृद्धि से स्वास्थ्य उत्तम है, सदा स्मरण रखें

3

छाती का दर्द : इसका ज्ञान और उपचार

''अपने स्वास्थ्य पर ध्यान दीजिए और यदि आपको यह प्राप्त है, तो ईश्वर का गुणगान कीजिए तथा उत्तम अंतःकरण के बाद इसे ही महत्त्व दीजिए, क्योंकि स्वास्थ्य ही वह दूसरा आशीर्वाद है, जिसे पैसे से नहीं खरीदा जा सकता।''

—आइजाक वाल्टर्स

दुख-सुख जीवन के दो पक्ष हैं। ये प्रकृति में भी प्रतिबिंबित होते हैं। ज्यों-ज्यों व्यक्ति प्रकृति का अन्वेषण करता है, उसकी जटिलताओं एवं उसके तर्काधारों को अधिकाधिक समझने लगता है। दुख के अभाव में सुख का आकर्षण समाप्त हो जाएगा। हम अपनी अकर्मण्यता और निष्क्रियता की उस अवस्था की कल्पना करें, जब हमें सजग और सावधान रखने के लिए किसी प्रकार के कष्टकर उद्दीपन का पूर्ण अभाव हो।

चिकित्सीय पहलू की दृष्टि से कष्ट सामान्यतः एक इंद्रियबोध है, जिसका तात्पर्य यह है कि शरीर में कहीं कुछ अव्यवस्था है। इसमें शारीरिक या मानसिक पहलुओं को भी शामिल किया जा सकता है। किसी प्रकार का कष्ट शरीर या मन के अंतर्निहित रोग (अस्वास्थ्य) का परिचायक है तथा एक चिकित्सक के लिए यह रोग नामक छिपे हुए चोर का पता लगाने में

सहायक सूचनादाता की भूमिका निभाता है। कष्ट की तीव्रता तथा अंतर्निहित रोग की गंभीरता के बीच कोई समानान्तरता नहीं है।

छाती का दर्द

छाती में दर्द, धड़कन, श्वसन में तकलीफ तथा थकावट का अनुभव हृदय-रोगियों के सामान्य लक्षण हैं। अखिल भारतीय आयुर्विज्ञान संस्थान के हृदय रोग चिकित्सालय में आनेवाले लगभग पचास प्रतिशत रोगी अपनी छाती में दर्द की शिकायत करते हैं। वे सोचते हैं कि ऐसा दर्द दिल के दौरे के कारण होता है। छाती के दर्द के अनेक कारणों में हृदय रोग भी एक है। चूँकि हृदय सामान्यत: वक्ष-पिंजर के बाईं ओर स्थित है, इसी कारण छाती के भाग या बाईं बाँह में होनेवाला कोई दर्द निश्चित रूप से दिल के दौरे का परिणाम नहीं कहा जा सकता। छाती के अंदर और उसके चारों तरफ के अंग-तंत्रों के रोग भी छाती के दर्द के कारण हो सकते हैं, जो हृदय के दर्द के सदृश ही प्रतीत होते हैं। अत: चिकित्सकों एवं सामान्य व्यक्तियों, दोनों के लिए चिकित्सकीय दृष्टि से उन अन्य स्थितियों की पर्याप्त जानकारी और समझदारी महत्त्वपूर्ण है, जिनकी समानता हृदय रोगों से उत्पन्न दर्द से है। केवल छाती में दर्द के कारण किसी व्यक्ति को दिल के दौरे का रोगी घोषित करने से पूर्व चिकित्सकों को बहुत सावधान रहने की आवश्यकता है, क्योंकि एक बार किसी व्यक्ति से कह दिया जाए कि उसे हृदय रोग है, जबकि वस्तुत: ऐसी बात नहीं है, तो न केवल उस व्यक्ति पर, बल्कि उसके संपूर्ण परिवार पर निराशाजनक प्रभाव पड़ता है।

हृदय रोग के अतिरिक्त भी अनेक बीमारियाँ हैं, जो छाती के दर्द का कारण हो सकती हैं। वे निम्नलिखित हैं—

(i) चर्मरोग (प्राक्-विस्फोटक परिसर्प—pre-eruptive herps);

(ii) तंत्रिका कंकाली एवं पेशीकंकाली रोग—ग्रैव अपकशेरुता, ग्रैव पर्शुका, पर्शुका उपास्थिशोथ (Cervical, Spondylosis, Costochondritis);

(iii) महाधमनी-रोग (हृदय से निकलनेवाली सबसे बड़ी धमनी की बीमारी);

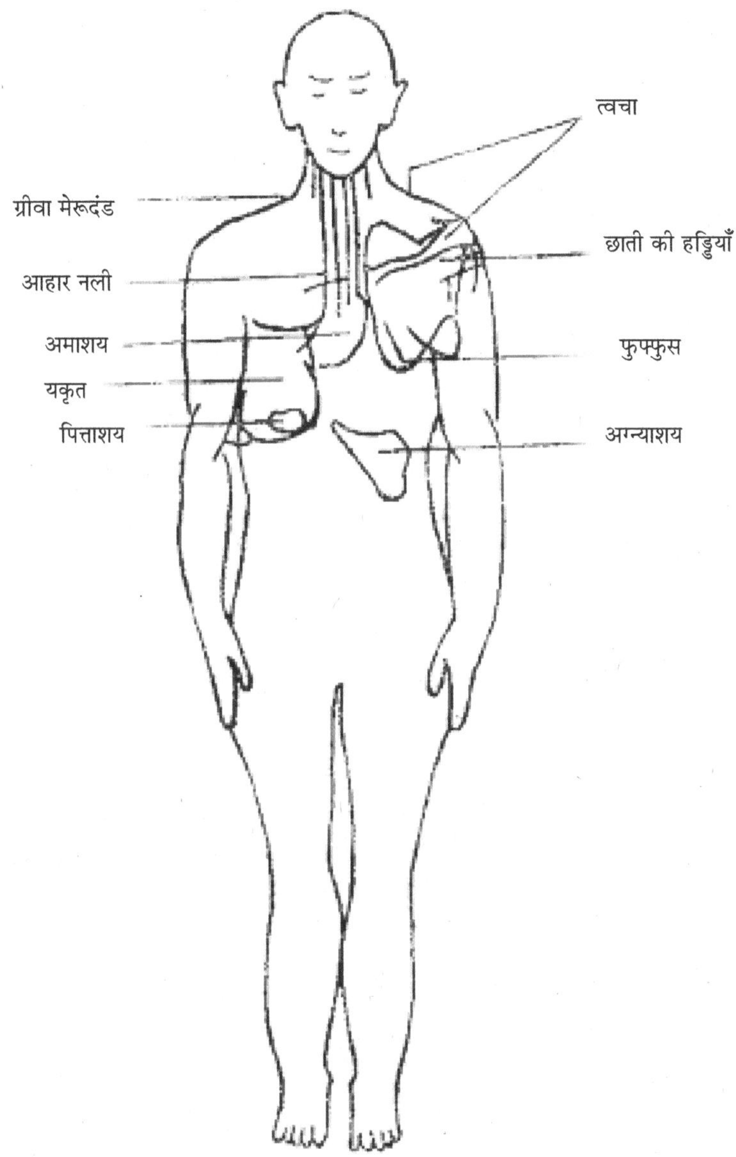

छाती के दर्द के हृदयेतर कारण

(iv) फुफ्फुस की बीमारियाँ (प्लूरिसी, न्यूमोनिया);

(v) भोजन प्रणाली (ग्रासनली) के रोग, ऐंठन, व्रण, आदि;

(vi) आमाशय (पेप्टिक व्रण, हायटस हर्निया);

(vii) यकृत, पित्ताशय और अग्न्याशय की बीमारियाँ;

(viii) तंत्रिका-दोष (जिसे तंत्रिका-परिसंचरण दुर्बलता कहा जाता है)।

इन समस्त अंग-तंत्रों में होनेवाला दर्द हृदय के दर्द के समान लग सकता है। अतः इन्हें बहुत सावधानीपूर्वक विवेचित कर लेना चाहिए। छाती के दर्द के कारण की सही जानकारी हो जाने के बाद इसके निदान का कार्य बहुत हद तक आसान हो जाता है।

हृदय से संबंधित छाती का दर्द भी विभिन्न केंद्रों से उत्पन्न तथा भिन्न-भिन्न प्रकृति का हो सकता है। ये संक्षेप में निम्नलिखित हैं—

1. हृदय के बाह्य कवच का रोग, जिसे हृदयावरण कहा जाता है। कलाशोथ, जिसे हृदयावरणशोथ भी कहते हैं, ऐसे दर्द को उत्पन्न करता है, जिसकी दिल के दौरे से बहुत अधिक समानता रहती है, किंतु एक कुशल चिकित्सक को इन दोनों अवस्थाओं में विभेद करने में सक्षम होना चाहिए, क्योंकि इन दोनों की चिकित्सा एक-दूसरे से पूर्णतः भिन्न है।

2. हृदय की पेशी अर्थात् हृत्पेशी का रोग। यह सर्वाधिक सामान्य रोग है, जिसमें परिवर्ती तीव्रतावाला दर्द उत्पन्न होता है, जिसे सामान्यतः हृत्शूल और दिल का दौरा, अर्थात् हृद्पेशी व्यतिक्रम कहा जाता है।

3. हृद्कपाटिकाओं, विशेष रूप से महाधमनी कपाटिका और द्विकपर्दी कपाटिका के रोग (अर्थात् द्विकपर्दी कपाटिका भ्रंश संलक्षण) हृदय-जनित छाती के दर्द के अन्य कारण हैं।

दिल की बीमारी से पीड़ित 50 प्रतिशत रोगियों के दिल के सभी प्रकार के दर्दों का कारण दिल का दौरा नहीं होता। प्रायः लोग हृत्शूल और दिल के दौरे से अधिक परिचित हैं और उन्हें ही छाती के दर्द का कारण मानते हैं। अतः जैसे ही कोई छाती के बाएँ भाग में दर्द का अनुभव करता है या इसके विषय में सुनता है, वह हृत्शूल या दिल के दौरे के विषय में सोचने लगता है।

अत: इन स्थितियों पर अधिक विस्तारपूर्वक विचार करना आवश्यक है।

हृत्शूल का वास्तविक अर्थ श्वासरोध, गला घुटना या श्वासावरोधन है, दर्द होना नहीं। हृत्शूल का तात्पर्य छाती में गलाघुटन या श्वासरोध के अनुभव से है। यह हृद्पेशियों को रक्त या ऑक्सीजन की कम मात्रा में आपूर्ति की अभिव्यक्ति है, जो हृद्धमनी से संबद्ध या अरक्तताजन्य हृदय रोग का सर्वोपरि सामान्य कारण है। इस रोग में हृदय को शुद्ध और ऑक्सीकृत रक्त पहुँचानेवाली रक्तवाहिकाएँ रक्त-वसाकण के एकत्रित हो जाने से संकीर्ण हो जाती हैं। ऐसे रक्त-वसाकण में कोलेस्टेरॉल और अन्य ऐसे ही पदार्थ आते हैं। हृत्शूल इस भयानक रोग की सिर्फ एक अभिव्यक्ति है। इसकी दूसरी अभिव्यक्ति है—हृत्पेशी-व्यतिक्रम या दिल का तीव्र दौरा। यह प्राय: तीव्र दर्द के रूप में प्रकट होता है, किंतु यह कभी-कभी दर्दरहित भी हो सकता है, विशेषकर मधुमेह के रोगियों को।

हृत्शूल या दिल के दौरे के रोगी को दर्द के अतिरिक्त अन्य कई प्रकार के अनुभव होते हैं, जैसे—'छाती के मध्य में दबाव', 'ऐंठन' या 'चुभन' की संवेदना, 'छाती का एक कड़े फीते से कसा हुआ होना', या 'छाती पर एक भारी वजन का होना'। ये संवेदनाएँ हृत्शूल या हृत्पेशी-व्यतिक्रम (दिल का दौरा) के लिए अधिक निदानकारी ही हैं और ये लक्षण जबड़े, दाँत, गले, बाँहों या उदर के ऊपरी भाग में भी प्रसारित हो सकते हैं। दर्द के साथ-साथ अत्यधिक पसीना आना भी इस बात का अतिरिक्त सूचक है कि दर्द का कारण दिल का दौरा हो सकता है।

शारीरिक श्रम, भावनात्मक दबाव, गरिष्ठ भोजन और ठंडी हवा से संपर्क भी हृत्शूल के आक्रमण को गंभीर बना सकते हैं।

यद्यपि हृत्शूल का वर्णन सर्वप्रथम सन् 1768 में विलियम हेबर्डन नामक एक ब्रिटिश चिकित्सक ने किया था, किंतु प्राचीन भारतीय शास्त्रों में इस संलक्षण का स्पष्ट उल्लेख मिलता है। 'चरक संहिता' (ई.पू. चौथी शताब्दी) में हृस्छूल नामक रोग का विस्तृत विवरण प्रस्तुत किया गया है, जिसमें रोगी उन समस्त रोग लक्षणों का अनुभव करता है, जिनका वर्णन हेबर्डन ने किया

है। 'चरक संहिता' में हृत्शूल या हृस्छूल का वर्णन इस प्रकार किया गया है, "कफ के कारण उत्पन्न हृदय रोग में जड़ता, अनम्यता, भारीपन और हृदय-क्षेत्र पर सभी ओर से दबाव की संवेदना का अनुभव होता है, मानो एक पत्थर से दबाया जा रहा हो।" इसके अतिरिक्त प्रसिद्ध आयुर्वेद शल्यचिकित्सक सुश्रुत ने भी हृत्शूल का वर्णन किया है। उनके अनुसार, "रस और वायु (अर्थात् रक्त और ऑक्सीजन) के क्रमभंग के कारण हृस्छूल नामक रोग होता है। इसमें छाती में तेज दर्द और साथ-ही-साथ श्वासरोध का अनुभव होता है।"

छाती के दर्द का निदान पूर्णत: इसके कारण और उसकी पूर्ण समझदारी पर निर्भर करेगा। छाती का दर्द, हृत्शूल, दिल का दौरा या कपाटीय क्रिया-कलाप में गड़बड़ी के कारण के रूप में हृदय रोगों के निरूपण को सावधानीपूर्वक लिये गए चिकित्सा रोग वृत्तांत, विस्तृत शारीरिक परीक्षण और अन्वेषण के आधार पर प्रमाणित करना होगा। एक बार सही निरूपण हो जाने के बाद छाती के हृदय-जनित दर्द के निदान की सामान्य उपचार योजना में निम्नलिखित उपाय भी शामिल किए जाएँगे—

गैर-औषधीय उयाय : ये हैं—मोटे लोगों के वजन को कम करना; भोजन का समय सावधानीपूर्वक निर्धारित करना और प्रत्येक भोजन में ग्रहण किए जानेवाले खाद्य पदार्थों की मात्रा को कम करना; धूम्रपान का त्याग; ध्यान, संगीत सुनना और योगाभ्यास सदृश विश्रांति की विधियों का अभ्यास करना। नियमित शारीरिक व्यायाम से मानसिक विश्रांति प्राप्त करने और रक्त-कोलेस्टेरॉल को कम करने में सहायता मिलती है।

औषधियाँ : नाइट्रेट्स, बीटा-अवरोधक एवं कैल्सियम अवरोधक औषधियों का सतर्कतापूर्ण उपयोग हृत्शूल में आराम पहुँचाने तथा व्यायाम की क्षमता को उन्नत करने में बहुत सहायक होता है।

शल्यक्रिया एवं अन्य उपाय : यदि जीवन-शैली में परिवर्तन, गैर-औषधीय उपायों एवं विभिन्न औषधियों के उपयोग से हृत्शूल के दर्द में आराम नहीं मिले तो रोगी को हृद्उपमार्ग शल्यक्रिया या संकीर्ण कपाटिकाओं तथा

अवरुद्ध रक्त-वाहिकाओं के बैलून डायलेशन (विस्फारण) का लाभ मिलना चाहिए। इन उपायों से हृत्पेशियों को पुनः रक्त की आपूर्ति होने लगेगी। इस प्रकार हृत्शूल-जनित छाती के दर्द से आराम होगा और व्यक्ति का जीवन अधिक लंबा, उपयोगी और उत्पादक होगा।

अंत में मैं कहना चाहूँगा कि किसी रोग के उपचार के प्रसंग में रोगहर उपचार सिर्फ एक पक्ष है; समान रूप से दूसरा महत्त्वपूर्ण पक्ष उस रोग का निरोध है। किसी समस्या के समाधान का सर्वोत्तम उपाय यही है कि उसे उत्पन्न ही न होने दिया जाए, अर्थात् उसका निरोध किया जाए। हृदय से संबद्ध छाती के दर्द के निरोध के लिए सामान्य हृदय रोग का निरोध आवश्यक है, जो छाती के दर्द का कारण है। प्रसिद्ध अमेरिकी हृदय रोग विशेषज्ञ पॉल डडले व्हाइट ने कहा है, ''80 वर्ष की उम्र के पूर्व हृदय रोग होना ईश्वर की इच्छा का नहीं, बल्कि हमारी गलतियों का परिणाम है।''

हृदय से संबंधित समस्याओं को कम करनेवाले विभिन्न निरोधात्मक सहायक उपाय निम्नलिखित हैं—

(1) बच्चों के गलशोथ का सामयिक और समुचित उपचार तथा भीड़-भाड़ से बचना।

(2) उच्च रक्तचाप और मधुमेह की यथासमय पहचान और उनका प्रभावी उपचार।

(3) धूम्रपान, अत्यधिक अल्कोहल और अतिभोजन से परहेज।

(4) नियमित शारीरिक व्यायाम।

(5) योग और ध्यान जैसी विश्रांति की विधियों का अभ्यास।

(6) घर एवं कार्यालय की दैनिक तनावपूर्ण परिस्थितियों के प्रति अपनी प्रतिक्रिया को सकारात्मक ढंग से परिवर्तित करना।

''सरल हृदय चिरायु होता है।''

—शेक्सपियर

□

4

हृद्स्पंदन में व्यतिक्रम

"मानव-हृदय में अनेक तार होते हैं, अधिक उत्तम यही होगा कि उन्हें आंदोलित न किया जाए।"

—चार्ल्स डिकेंस

हमारे जन्म के बहुत पूर्व से ही हृदय का स्पंदन शुरू हो जाता है और जन्म के बाद हमारा जीवन पूर्णत: इस अथक परिश्रमी और सशक्त मानव-पंप के सतत लयपूर्ण स्पंदन पर निर्भर करता है। हृदय के स्पंदन के रुकने का तात्पर्य है—जीवन का अवसान। शरीर की आवश्यकता के अनुसार अपनी गति को समायोजित करने की स्वचालित प्रक्रिया हृदय में अंतर्निहित है। कुछ रुग्णावस्थाओं को छोड़कर हृदय सामान्यत: एक अति विश्वस्त सेवक के रूप में व्यवहार करता है, जो कि अपने स्वामी की प्रत्येक सनक और इच्छा का अनुपालन करता है। परिवेश की स्थितियों एवं परिस्थितियों के अनुसार हमारे शरीर को निरंतर परिवर्तनशील माँगों की पूर्ति के लिए यह अपनी गति और संकुचन के बल को परिवर्तित करता रहता है।

छोटे बच्चों का हृदय प्रति मिनट 90-100 बार धड़कता है, जबकि वयस्कों के हृदय के स्पंदन की दर 70-80 प्रति मिनट होती है। लंबी अवधि तक नियमित शारीरिक व्यायाम से हृदय इतना प्रशिक्षित हो जाता है कि यह

अपना समस्त कार्य लगभग 50-60 स्पंदन प्रति मिनट की दर से भी संपादित कर सकता है। भावुकतापूर्ण स्थितियों, शारीरिक व्यायाम, गर्भावस्था, क्रोध और चाय-कॉफी तथा अल्कोहल के अतिशय सेवन से एक सामान्य व्यक्ति के हृदय का स्पंदन बढ़ जाता है।

सामान्य परिस्थितियों में जब तक हृदय 60-80 प्रति मिनट की नियमित गति से स्पंदित होता रहता है, तब तक सबकुछ ठीक रहता है। अतितीव्र और अतिमंद स्पंदन या इसकी लय में अनियमितता शरीर और स्वयं हृदय, दोनों के लिए हानिकारक सिद्ध होता है। तदनुसार स्पंदन के व्यतिक्रम को इस प्रकार वर्गीकृत किया जा सकता है—(1) अनियमित गति और लुप्त नाड़ी स्पंदन, (2) हृदय का तेज स्पंदन या हृद्क्षिप्रता (3) हृदय की मंद धड़कन या हृदमंदता। ऐसे रोगी प्रायः स्पंदन, चक्कर, अँधेरा होना या बेहोशी की घटनाओं की शिकायत लेकर आते हैं। मस्तिष्क वह महत्त्वपूर्ण अंग है, जिसे हृद्स्पंद के व्यतिक्रम के कारण गंभीर क्षति उठानी पड़ती है। हृद्स्पंदन के ये व्यतिक्रम सदैव हृदय रोगों के कारण ही उत्पन्न नहीं होते। कभी-कभी युवकों के नाड़ी स्पंदन का लोप हो जाना कोई असामान्य बात नहीं है और अनेक बार इस अवस्था के उपचार के लिए किसी औषधि की आवश्यकता भी नहीं होती। इसी प्रकार रक्ताल्पता या अवटुग्रंथि के रोग के कारण भी तीव्र हृद्स्पंद हो सकता है। अतः सही तरीका यह होगा कि उन अवस्थाओं का उपचार किया जाए, न कि हृदय का। पुनः अवटुग्रंथि के कुछ रोग मंद हृद्स्पंद के कारण हो सकते हैं या यह सामान्यतः एक खिलाड़ी में पाया जा सकता है।

जब हृद्स्पंद की गति 40 प्रति मिनट से नीचे गिर जाती हैं, तब ऐसे रोगियों के मस्तिष्क की क्षति हो सकती है और इसलिए उनकी अतिशीघ्र चिकित्सा होनी चाहिए। ऐसी स्थितियों के लिए गतिनियामकों का उपयोग किया जाता है। हृदस्पंद के व्यतिक्रम के उपचार के लिए श्रेष्ठ औषधियाँ भी उपलब्ध हैं, किंतु ये पार्श्व-प्रभाव से मुक्त नहीं हैं। जिस रोगी को हृदय की धड़कन का अनुभव हो या हृद्स्पंद में कुछ गड़बड़ी की आशंका हो, उसे अपने चिकित्सक से सर्वप्रथम यह अवश्यमेव जानना चाहिए कि यह

स्थिति हृदय की गड़बड़ी का परिणाम है या किसी अन्य कारण से उत्पन्न है। अत: उपचार आधारभूत कारण पर निर्भर करेगा। अनेक रोगियों के लिए तो औषधि की आवश्यकता निश्चय ही नहीं हो सकती है। यदि औषधियों के सेवन का निर्णय ले लिया गया है, तब निश्चित समय पर चिकित्सालय जाना या पारिवारिक चिकित्सक से मिलना अनिवार्य है, ताकि इन औषधियों की उपयोगिता और पार्श्व प्रभावों को सतर्कतापूर्वक मॉनीटर किया जा सके। एक बार शुरू की गई औषधियाँ बाद में बंद की जा सकती हैं, किंतु ऐसा चिकित्सक की सलाह से ही किया जाना चाहिए।

हृद्अतालता (हृद्स्पंद की अनियमितता) के उपचार और निदान में एक आधुनिक शोध बहुत अधिक सहायक हुआ है। इसे गत्यात्मक ई.सी.जी. रिकॉर्डिंग या होल्टर मॉनीटरिंग कहा जाता है। इस अध्ययन के द्वारा लगातार 25 या 48 घंटों तक ई.सी.जी. का अभिलेखन प्राप्त किया जा सकता है। यह अतालता के प्रारंभिक निदान और परवर्ती उपचार के साथ-साथ अतालता-निरोधक दवाइयों के प्रभाव की जानकारी के लिए भी उपयोगी है।

'हमें हृद्स्पंदन से समय की माप करनी चाहिए।'

—फिलिप जेम्स बेली फेस्टस

□

5

दिल का दौरा : उपचार से उत्तम निरोध

''हृदय भी मस्तिष्क के समान भूल करता है, पर इसकी भूलें किसी प्रकार भी कम घातक नहीं होतीं, और उनके माधुर्य के कारण उनसे छुटकारा पाना भी अधिक कष्टप्रद होता है।''

—एनातोले फ्राँस

आजकल एक दिन भी ऐसा नहीं गुजरता है, जब हम यह नहीं सुनते हैं कि दिल के दौरे के कारण किसी का अकस्मात् देहांत हो गया। हृदय रोग अनेक प्रकार के होते हैं, किंतु जब हम 'दिल का दौरा' पद का प्रयोग करते हैं, तो इसका तात्पर्य ऐसे हृदय रोग से होता है, जिसकी उत्पत्ति एक या अधिक वैसी रक्तनलिकाओं के संकुचन या संकीर्णन से होती है, जो हृदय को ऑक्सीकृत पोषक रक्त की आपूर्ति करती हैं। संपूर्ण शरीर का पोषाण करनेवाले हृदय को भी अपना कार्य संपादित करने के लिए रक्त की आवश्यकता होती है और इसकी आपूर्ति जिन नलिकाओं द्वारा होती है, उन्हें हृद्धमनी कहते हैं। इसलिए यह रोग हृद्धमनी रोग या स्थानिक अरक्तताजन्य हृदय रोग के नाम से भी जाना जाता है। मुख्य हृद्वाहिकाओं की संख्या तीन है—दाईं, बाईं तथा हृद्धमनी की दो प्रमुख शाखाएँ। इनमें से प्रत्येक की अनेक छोटी-छोटी प्रशाखाएँ अपने-अपने क्षेत्रों को रक्त की आपूर्ति करती हैं तथा

पारस्परिक अंत:संचार भी करती हैं। जब इन शाखाओं में से एक या अधिक का धीरे–धीरे संकीर्णन होता है तो कोई लक्षण प्रकट नहीं भी हो सकते हैं, क्योंकि पूरक प्रक्रियाएँ कार्य करने लगती हैं। जब रक्त–आपूर्ति के समपार्श्वी या वैकल्पिक स्रोत पर्याप्त नहीं होते हैं, तब व्यक्ति छाती में दर्द या तकलीफ का अनुभव कर सकता है, विशेषकर शारीरिक और मानसिक प्रयास के समय, क्योंकि इन परिस्थितियों में ही दक्षतापूर्वक कार्य करने के लिए हृदय को अतिरिक्त रक्त की आवश्यकता होती है, किंतु संकीर्ण हृद्‌वाहिकाएँ इसकी आपूति नहीं कर सकती हैं। इस स्थिति को हृत्शूल कहते हैं।

यदि एक या अधिक हृद्‌वाहिकाओं में आकस्मिक अवरोध के कारण रक्त की आपूर्ति अकस्मात् बंद हो जाती है, तो इसका परिणाम होता है— दिल का गंभीर दौरा। चिकित्सकीय शब्दावली में इसे हृत्पेशी–व्यतिक्रम कहा जाता है। यह एक गंभीर स्थिति है, जो 40 प्रतिशत रोगियों के लिए दौरा आने के एक या दो घंटे के अंदर कोई चिकित्सकीय सहायता मिलने के पूर्व ही घातक सिद्ध हो सकती है। दिल के दौरे के लगभग 60 प्रतिशत रोगी चिकित्सालय पहुँच सकते हैं और अत्युत्तम चिकित्सकीय सहायता उपलब्ध होने के बावजूद अन्य 10–15 प्रतिशत का देहांत हो सकता है। दुर्भाग्यवश इस बीमारी की प्रकृति ही ऐसी है। उन्नत तकनीकों, अत्याधुनिक औषधियों, सतत मॉनिटरिंग के यंत्रों, विद्युत् डिफिलिब्रिलेटर्स, टेलीमेटरी एवं पेसमेकरों के उपयोग द्वारा हम 5–8 प्रतिशत वैसे लोगों को बचा सकते हैं, जिनकी इन साधनों के प्रचलन के पूर्व मृत्यु हो जाया करती थी। प्रगति के इन आयामों ने निश्चय ही हजारों लोगों की जान बचाई है तथा दिल के दौरे के रोगियों की देखभाल में व्यापक सुधार लाने में सहयोग दिया है।

इन सबके बावजूद लोगों का एक बड़ा समूह ऐसा है, जिनकी दिल के दौरे के बाद अकस्मात् मृत्यु हो जाती है। सबसे दुखद बात यह है कि इनमें से बहुतों के लिए यह उनके हृदय रोग का प्रथम और अंतिम लक्षण था। लोगों के इस उपसमूह के लिए हम क्या कर सकते हैं, क्या अधिक खतरे के दायरे में आनेवाले व्यक्तियों के इस समूह को चुन लिया जाए तथा दिल के दौरे

के अवरोध के लिए कोई औषधि दी जाए, वैसे लोगों को औषधि का सेवन करवाना, जिनमें रोग के कोई लक्षण नहीं हैं तथा जो अन्यथा उत्तम स्वास्थ्य से युक्त हैं, क्या उचित होगा और वह भी कितनी अवधि तक, क्या औषधियाँ पार्श्वप्रभावों से रहित हैं ? सीरम-कोलेस्टेरॉल को कम करने के लिए जिन अनेक औषधियों का उपयोग किया गया है, उनसे यह लाभ तो मिला, लेकिन पित्ताशय में पथरियाँ तथा पेशियों में कमजोरी आ गई और दिल के दौरे से होनेवाली मृत्यु में भी कोई सार्थक कमी नहीं आई। अतः औषधियाँ वास्तव में दिल के दौरे के निरोध की समस्या का समाधान नहीं हैं। ऐसे रोगियों के लिए, जिन्हें दिल का दौरा आ चुका है या जिनके गंभीर हृत्शूल पर औषधियों का कोई प्रभाव नहीं रहा है, उपचार के नए तरीके हृद्उपमार्ग शल्यक्रिया और अवरुद्ध नलिकाओं का बैलून डायलेशन नई उपचार विधियाँ हैं। ये दोनों प्रक्रियाएँ खर्चीली तथा बहुत हद तक खतरनाक भी हैं, यहाँ तक कि जीवन पर भी किसी हद तक संकट की संभावना रहती है। पुनः इस रोग की पुनरावृत्ति भी कोई असामान्य बात नहीं है।

शल्यक्रिया की इन विधियों में 2-3 प्रतिशत रोगियों का देहांत हो जाता है और शल्यक्रिया के उपरांत रोगियों को विशेष औषधियों का सेवन करना पड़ता है। बैलून एंजिलोयोप्लास्टी वास्तव में बहुत सस्ती भी नहीं है। प्रत्येक प्रक्रिया के समय एक अतिरिक्त शल्यचिकित्सक को तैयार रहना पड़ता है। निजी अस्पतालों में वे पारिश्रमिक भी लेते हैं। पुनः लगभग एक-तिहाई रोगियों को दुबारा एंजिलोयोप्लास्टी की आवश्यकता हो सकती है। इस प्रकार दिल के दौरे की चिकित्सा बहुत महँगी है। 40 प्रतिशत रोगियों के लिए तो चिकित्सक को अपनी कुशलता के उपयोग का अवसर भी नहीं मिलता है। तो ऐसी स्थिति में दिल के दौरे के निरोध के लिए क्या हम कुछ कर सकते हैं, क्या हृद्-उपमार्ग शल्यक्रिया को रोकने या उससे बच निकलने का कोई उपाय ढूँढ़ा जा सकता है ?

हम विचार करें कि दिल का दौरा किस प्रकार होता है ? जैसा कि प्रारंभ में ही उल्लेख किया गया है, एक या अधिक हृद्वाहिकाओं में संकीर्णन या अवरोधन होने से हृत्पेशियों की रक्त आपूर्ति में बाधा होती है। इसके

परिणामस्वरूप पेशी का वह भाग मृत हो जाता है या उसे क्षति पहुँचती है। अधिकांश रोगियों में यह संकीर्णन या अवरोधन रक्तवसा के एकत्रित होने के कारण होता है। इनमें कोलेस्टेरॉल सर्वाधिक सामान्य है। कुछ रोगियों में ऐंठन के कारण भी वाहिका का संकुचन हो सकता है। इस स्थिति में पर्याप्त ऐथिरोमी कोलेस्टेरॉल के एकत्रित हुए बिना अवकाशिका (ल्यूमेन) का अस्थायी संकीर्णन होता है। कुछ रोगियों में ऐथिरोमी अवरोध के बावजूद ऐंठन उत्पन्न हो जाती है। इसका हृत्शूल या हृद्-व्यतिक्रम में परिणत हो जाना ऐंठन की मात्रा और अवधि पर निर्भर करता है।

हमारे पास हृत्शूल एवं अन्य प्रकार के हृदय रोगों के उपचार के लिए अत्युत्तम औषधियाँ और शल्य-क्रिया या अन्य साधन उपलब्ध हैं, किंतु इनसे हमें उन हजारों-लाखों लोगों को बचाने में सहायता नहीं मिलती है, जो प्राय: अपने जीवन के उत्पादक वर्षों में दिल के प्रथम दौरे का ही शिकार हो जाते हैं। वृद्धावस्था में तो मृत्यु होना अनिवार्य है, किंतु आज चिंता का महत्त्वपूर्ण कारण वह मृत्यु है, जो दिल के दौरे के कारण जीवन के तीसरे, चौथे और पाँचवें दशकों में हो रही है। इन असामयिक मौतों के क्या कारण हैं? शहरीकरण और औद्योगिकीकरण को भी दिल के दौरे के अधिकाधिक प्रसार का कारण माना जाता है। यह भी सत्य है कि दिल का दौरा, हृदय आघात और उच्च रक्तचाप ग्रामीणों की अपेक्षा शहरी लोगों में अधिक पाए जाते हैं। समृद्धि पर दोषारोपण तो किया गया है, पर क्या क्षति का कारण स्वयं समृद्धि है या उसके आवरण में कोई अन्य चीज? यह एक तथ्य है कि विगत बीस वर्षों में हृद्वाहिका रोगों के कारण होनेवाली मृत्यु-दर में जापान में 40 प्रतिशत तथा संयुक्त राज्य अमेरिका में 20 प्रतिशत कमी आई है। हम सभी यह जानते हैं कि इन देशों की समृद्धि में कमी नहीं आई है, बल्कि वृद्धि ही हुई है। अत: इन देशों तथा कुछ अन्य देशों में हृद्वाहिका रोगों से होनेवाली मृत्यु में कमी आने के क्या कारण हो सकते हैं? हम जानते हैं कि भारत में कुछ बड़े-बड़े उद्योगपति घराने हैं। उन परिवारों के पिता और पितामह स्वस्थ बने हुए हैं, पर ऐसे ही किसी परिवार का बहुत कम

आयु का व्यक्ति दिल के दौरे का शिकार हो जाता है। अत: दिल के दौरे की आधुनिक महामारी से आपकी रक्षा इन बातों पर निर्भर करती है कि आपकी जीवन-शैली, आचार-व्यवहार और रहन-सहन की आदतें कैसी हैं, आप क्या और कैसे खाते हैं तथा तनावपूर्ण परिस्थितियों में आप अपनी प्रतिक्रिया किस प्रकार रूपांतरित करते हैं। समृद्ध समाज निश्चय ही जीवन-शैली को अनेक प्रकार से परिवर्तित कर सकता है, किंतु यह व्यक्ति पर निर्भर करता है कि वह अपनी इस जानकारी के आधार पर इन्हें स्वीकार या अस्वीकार करे, जो स्वास्थ्य के लिए हानिकारक हो सकते हैं।

हृद्वाहिकाओं सहित धमनियों में एथरोस्क्लेरोसिस या धमनी काठिन्य निम्नलिखित कारणों से बढ़ता है : (1) धूम्रपान, (2) उच्च रक्तचाप, (3) उच्चरक्त कोलेस्टेरॉल, (4) मधुमेह, (5) निरुद्यमी जीवन-शैली अर्थात् शारीरिक श्रम का अभाव और (6) मानसिक तनाव या तनावपूर्ण जीवन पद्धति।

बढ़ती हुई उम्र के साथ कुछ हद तक रक्तवाहिकाओं का कड़ापन अपरिहार्य है, किंतु उपरोक्त कारणों से असामयिक और आक्रामक रूप में एथिरोस्क्लेरोसिस उत्पन्न हो जाता है। परिणामस्वरूप कम उम्र के लोग दिल के दौरे से ग्रस्त हो जाते हैं। अत: यह समझते हुए कि ये दिल के दौरे के खतरनाक कारक हैं, बुद्धिमानीपूर्वक क्यों नहीं कुछ किया जाए? खतरे के इन कारणों पर विचार करने के बाद उनकी उत्पत्ति का प्रत्यक्ष या परोक्ष संबंध समाज के बदलते हुए प्रतिमान से स्थापित किया जा सकता है। आज का समाज ग्रामीण से शहरी होता जा रहा है और इस संक्रमण के साथ ही समस्या की शुरुआत होती है। जिन देशों में दिल के दौरे से होनेवाली मृत्यु-दर में कमी आई है, वहाँ शक्तिशाली औषधियों के उपयोग के परिणामस्वरूप नहीं, बल्कि जीवन-शैली को निम्नलिखित तरीकों से परिवर्तित करने के कारण हुई है :

(1) ध्रूमपान से परहेज।

(2) आहार में कार्बोहाइड्रेट्स तथा संतृप्त वसा की कमी एवं ताजे फलों की मात्रा में वृद्धि।

(3) उच्च रक्तचाप का यथासमय और प्रभावपूर्ण नियंत्रण।

(4) अधिक नियमित शारीरिक व्यायाम।

(5) अनुभवातीत ध्यान सदृश विश्रांति के तरीके; दैनिक जीवन की तनावपूर्ण परिस्थितियों का सामना करने हेतु मन को तैयार करने के लिए 'जैविक पुनर्निवेश' और योग का अभ्यास।

हमारे अपने धर्मशास्त्रों और आयुर्वेद में मुख्यत: रोगों के निरोध पर अधिक बल दिया गया है। उनके द्वारा स्वस्थ शरीर और मन की प्राप्ति हेतु अनेक विधियाँ विहित की गई हैं। उन्हें संक्षेप में इस प्रकार व्यक्त कर सकते हैं—

(1) आचार (चरित्र),

(2) विचार (चिंतन),

(3) व्यवहार (अंतर्वैयक्तिक व्यवहार),

(4) आहार (भोजन),

(5) योगाभ्यास (शारीरिक व्यायाम)।

इनमें प्रथम तीन स्वस्थ एवं तनावरहित व्यक्तित्व प्राप्त करने में सहायक होते हैं। संतुलित आहार, उत्तेजक पदार्थों, वसा, अतिरिक्त नमक और अल्कोहल से परहेज तथा शारीरिक व्यायाम का नियमित अभ्यास मोटापे से बचने में सहायक होते हैं, साथ ही रक्त-कोलेस्टेरॉल के स्तर को कम करने के ये सर्वोत्तम तरीके हैं। उत्तम स्वास्थ्य बनाए रखने के ये पूर्णत: मान्य उपाय भी हैं एवं इनके लिए और अधिक परीक्षणात्मक अध्ययन की आवश्यकता नहीं है। संयुक्त राज्य अमेरिका, इंग्लैंड एवं अन्य यूरोपीय देशों में दिल के दौरे एवं उच्च रक्तचाप के नियंत्रण पर अपार धनराशि व्यय करने के बाद जो निष्कर्ष निकले हैं, उनका सार निम्नलिखित हैं—

(1) अतिरिक्त नमक, संतृप्त वसा और परिष्कृत चीनी से परहेज कीजिए। रोटी तथा ताजे फल जैसे अधिक रेशेदार आहार ग्रहण कीजिए।

(2) सिगरेट नहीं पीजिए।

(3) यथासमय उच्च रक्तचाप की पहचान एवं अपेक्षाकृत गैर-औषधीय साधनों से उसका नियंत्रण कीजिए, जैसे—

(अ) कम नमक एवं अधिक पोटैशियमयुक्त आहार।

(ब) शारीरिक वजन का नियंत्रण।

(4) नियमित रूप से शारीरिक व्यायाम कीजिए।

(5) मन की विश्रांति—घर एवं कार्यालय में तनावपूर्ण परिस्थितियों के प्रति अपने दृष्टिकोण में सकारात्मक परिवर्तन कीजिए।

बढ़ती हुई समृद्धि के बावजूद यदि कुछ समुदायों को इन विधियों को अपनाने से दिल के दौरे के प्रभाव क्षेत्र को कम करने में सहायता मिली है, तो हम भारतीय युवक-युवतियों से उनके अपने-अपने माता-पिता तथा बच्चों के हित में इस प्रकार की जीवन-शैली अपनाने का आग्रह क्यों नहीं करें?

''हमारा हृदय विवेकी बने, यह ईश्वर का सर्वोत्तम उपहार है।''

—यूरिपेडस

□

6

कार्यपालक का हृदय : समस्याएँ और समाधान

''जीवन की प्रक्रिया तनावों के प्रति प्रतिक्रिया की अभिव्यक्ति है।''

—स्टैनले सार्नोफ

'हृदय से अपना कार्य करना', 'अपने हृदय को परेशान करना' और 'आइए, साहस रखिए'—ये सामान्यत: दैनिक जीवन में प्रयुक्त होनेवाले कुछ ऐसे मुहावरे हैं, जो प्रासंगिक क्षणों में बड़े अर्थपूर्ण होते हैं। हम एक-एक कर उनका विश्लेषण करेंगे और एक प्रशासक के जीवन में उनकी प्रासंगिकता को समझने का प्रयास करेंगे। जब आप हृदय लगाकर कार्य करते हैं, तभी उसका सही ढंग से संपादन होता है।

हृदय इस अर्थ में निश्चय ही एक बहुत मजबूत अंग है कि यह बीसियों वर्षों तक अविराम धड़कता रहता है, साथ ही यह इतना कमजोर भी है कि कठिन श्रम से नहीं, बल्कि कठोर दृष्टि और अप्रिय शब्दों से ही टूट जाता है। मुझे विश्वास है कि हम सबों ने अपने दैनिक जीवन में ऐसी परिस्थितियों का अनुभव किया है, तथापि यदि आप इस संबंध में सही जानकारी प्राप्त करना चाहते हैं, तो किसी निराश प्रेमी, बहू या सास और प्रशासक से बातें कीजिए,

जिन्हें दो स्वामियों के साथ, एक कार्यालय में और दूसरा घर पर—निपटना पड़ता है। प्रशासक के जीवन-साथी को निश्चय ही यह समझना चाहिए कि उनके घर की खुशी बहुत हद तक उनके जीवन-संगी के अपने कार्य-संपादन एवं सफलता पर निर्भर करती है। अपने पेशे में उत्तम सफलता प्राप्त करने के लिए कुछ हद तक त्याग करना आवश्यक है और पति-पत्नी के बीच पूर्ण हार्दिक समझदारी होने पर अनेक हृदय टूटने से बच जाएँगे। हृदय रोग कई प्रकार के होते हैं, किंतु जिनका प्रशासकों से संबंध है, वे निम्नलिखित हैं—(1) हृद्धमनी-रोग (हृत्शूल और हृत्पात), (2) उच्च रक्तचाप और (3) अतालता (धड़कन या नाड़ी स्पंदन का व्यतिक्रम)।

कुछ सामान्य घटक ऐसे हैं, जो इन सभी स्थितियों में पाए जाते हैं। एक बार यदि इन कारकों को समझ लिया जाए, तो हृदयपात की स्थिति आने के पूर्व ही हम कार्यपालकों के हृदय की देखभाल कर सकते हैं। चार्ल्स चर्चिल ने कहा है, ''किसी बुराई का कारण जानते ही उसका आधा उपचार हो जाता है।'' दिल के दौरे और उच्च रक्तचाप के कारणों की सही जानकारी हमें नहीं है, किंतु अनेक जानपदिक रोगविज्ञानी, चिकित्सकीय एवं प्रयोगात्मक अध्ययनों से हमें यह अवश्य ही मालूम है कि ये बीमारियाँ सामान्यत: उन लोगों में पाई जाती हैं, जिनमें निम्नलिखित कारकों में से एक या अधिक होते हैं—

1. घर और कार्यालय का तनावपूर्ण परिवेश।

2. शारीरिक व्यायाम का अभाव और निरुद्यमी जीवन-शैली।

3. धूम्रपान।

4. मोटापा या अतिवजन।

5. अतिभोजन, आहार-सूची में कोलेस्टेरॉल, परिष्कृत चीनी और वसा की अधिक मात्रा का होना तथा अल्कोहल का अतिसेवन।

यह जानकारी अति उत्साहवर्द्धक है कि संतुलित आहार और नियमित जीवन-शैली अपनाकर हृदय के दौरे के विस्तार को 30 प्रतिशत से अधिक मात्रा में नियंत्रित किया जा सकता है। विकसित देशों में हृद्वाहिका रोग

(हृत्पात) और उच्च रक्तचाप मिलकर प्रमुख प्राणांतक बन गए हैं और दुर्भाग्यवश यह महामारी विकासशील देशों में भी द्रुतगति से फैल रही है। इन बीमारियों के साथ निराशाजनक बात तो यह है कि इनका आक्रमण व्यक्ति के जीवन के प्रारंभिक वर्षों में ही होता है, जबकि वह परिवार और राष्ट्र दोनों के लिए सर्वाधिक उपयोगी स्थिति में होता है। आजकल युवक कार्यपालकों का अपने जीवन के तृतीय या चतुर्थ दशक में हृदय के दौरे की शिकायत लेकर आना कोई असामान्य बात नहीं है।

प्रत्यक्ष हृदय के दौरे के अतिरिक्त भी ऐसे अनेक अन्य युवकों को चिकित्सालय में भरती करना आवश्यक होता है, जो उच्च रक्तचाप से ग्रस्त होते हैं और उसके प्रति वे प्रायः अनभिज्ञ रहते हैं। उच्च रक्तचाप से पीड़ित लोग प्रायः स्पष्ट लक्षणों की शिकायत नहीं करते, किंतु निम्नलिखित कारणों से उनका कार्य पूर्ण संतोषजनक नहीं होता है—(1) यदा-कदा सिरदर्द, (2) थकान, (3) एकाग्रता में कमी, (4) हलका अल्पश्वसन और (5) रात्रि में क्षुब्ध निद्रा। इन लक्षणों से युक्त कार्यपालक जिस संगठन में कार्य करते हैं, उसकी उत्पादकता में कमी आती है। जब तक कोई उनके रक्तचाप की जाँच कर उसे ऊँचा नहीं बताता, तब तक इन लक्षणों की प्रायः अवहेलना होती रहती है। रक्तचाप में पर्याप्त कमी आने के बाद ही वह व्यक्ति अपनी पूर्व और वर्तमान अवस्थाओं में अंतर अनुभव करता है।

अतः कार्यपालकों के हृदय की समस्याओं के संबंध में मुख्य बात है कि यदि बिल्कुल ठीक समय पर पर्याप्त उपाय किए जाएँ तो प्रायः इन समस्त समस्याओं का निरोध हो सकता है।

कार्यपालकों के हृदय के रोगों के उपचार हेतु अपनाई जानेवाली कार्ययोजना में निम्नलिखित शामिल हैं—

1. स्वयं कार्यपालक,
2. संगठन,
3 जीवन-साथी (भारतीय संदर्भ में अधिकांश मामलों में पत्नी)।

कार्यपालक

पूर्व में ही सूचीबद्ध खतरे के कारकों के प्रति स्वयं कार्यपालक को सजग रहना होगा। स्वास्थ्य सर्वदा, निश्चित रूप से धन से अधिक महत्त्वपूर्ण है और स्वास्थ्य के मूल्य पर धन एकत्रित करना अर्थहीन है।

हृद्-उपमार्ग शल्यक्रिया दिल के दौरे की समस्या का निदान नहीं है। यह सिर्फ बहुत खर्चीली ही नहीं है, बल्कि सर्वोत्तम हृद्-चिकित्सा केंद्रों में भी इस प्रक्रिया में 2-3 प्रतिशत रोगियों के जीवन को खतरा रहता है। शल्यक्रिया के उपरांत बचनेवाले रोगियों में कुछ व्यक्ति हृद्शूल से ग्रस्त रहते हैं और प्रतिवर्ष 3-5 प्रतिशत रोगियों का निरोपण भी अवरुद्ध हो जाता है। यद्यपि हृद्रोगियों के एक विशेष उपसमूह के लिए इस शल्यक्रिया की उपयोगिता के प्रति मैं आश्वस्त हूँ, तथापि इस समस्या के समाधान का सर्वोत्तम उपाय हृद्-उपमार्ग शल्यक्रिया से बचने के अन्य साधनों एवं तरीकों की खोज करना है।

(अ) निरंतर दबाव में रहनेवाले कार्यपालक को अत्यधिक क्षुब्ध हुए बिना परिस्थितियों का सामना करने की कला सीखनी चाहिए तथा घर एवं कार्यालय दोनों स्थानों पर सामंजस्य बनाए रखना चाहिए।

(ब) प्रशासक को अतिभोजन तथा अल्कोहल के अतिसेवन से बचना चाहिए; उन्हें प्रतिदिन दो औंस व्हिस्की या इसके तुल्य—जैसे दो गिलास बियर या शराब से अधिक नहीं लेना चाहिए। अल्कोहल के अतिसेवन से हृदय धड़कन की अनियमितता, स्पंदन और 'अल्कोहलिक हृदय पेशी विकृति' नामक हृदयपेशीय रोग भी हो जाते हैं।

(स) प्रशासक को धूम्रपान नहीं करना चाहिए।

(द) प्रशासक को नियमित रूप से शारीरिक व्यायाम करना चाहिए।

(ई) यदि उच्च रक्तचाप का कोई लक्षण या संकेत दिखाई पड़े तो चिकित्सक से सलाह लेनी चाहिए और उचित उपचार करवाना चाहिए। ऐसा अपेक्षाकृत गैर-औषधीय साधनों द्वारा होना चाहिए, जैसे—अतिरिक्त नमक से परहेज; आहार की सूची में अधिक पोटैशियमयुक्त सामग्रियाँ जैसे साइट्रस फलों और हरी सब्जियों (मांसाहारी, मछली छोड़कर इनकी तुलना में अधिक

शाकाहारी आहार) का प्रवेश; शिथिलीकरण के साधनों जैसे योग एवं ध्यान का नियमित अभ्यास, और नियमित शारीरिक व्यायाम। अनेक अध्ययनों के द्वारा यह निर्णायक रूप से सिद्ध हो चुका है कि रक्तचाप को नियंत्रित करने तथा सशक्त हृदय और उत्तम स्वास्थ्य प्राप्त करने के संदर्भ में इन उपायों का अति लाभकारी प्रभाव पड़ता है (देखिए अध्याय : उच्च-रक्तचाप का गैर-औषधीय उपचार)।

संगठन

प्रशासक के हृदय और स्वास्थ्य की देखभाल के प्रसंग में उस संगठन की भी महत्त्वपूर्ण भूमिका होती है, जहाँ वह कार्य करता है। शरीर और मन से स्वस्थ प्रशासक एवं अधिक उत्पादन के बीच सीधा संबंध होता है। संगठन को निश्चय ही सावधानीपूर्वक अपने कर्मचारियों के स्वास्थ्य की देख-रेख करनी चाहिए, क्योंकि अंतत: वे ही संगठन की उत्पादकता और सफलता में सहायक होते हैं। कर्मचारियों के स्वास्थ्य में दिलचस्पी लेनेवाला कोई भी संगठन अपने कार्मिकों से अत्युत्तम संबंध स्थापित कर सकता है। समय-समय पर प्रशासकों के हृदय की जाँच होने से उनकी अनेक हृदयसंवाही समस्याओं की यथासमय जानकारी और उनका निदान करने में पर्याप्त सहायता मिलेगी। उनमें से कुछ का तो बहुत हद तक निरोध किया जा सकता है।

जीवन-साथी की भूमिका

जैसा कि पूर्व में उल्लेख किया गया है, हृत्पात, उच्च रक्तचाप तथा धड़कन और हृदय स्पंदन के लोप जैसी हृदय अतालताओं के पीछे तनाव की महत्त्वपूर्ण भूमिका होती है। उचित समझ की कमी के कारण कभी-कभी पति-पत्नी के बीच अत्यधिक और अनावश्यक तनाव तथा दबाव उत्पन्न हो जाते हैं। यह जानते हुए कि तनाव के कारण जीवनसाथी के साथ भीषण दुर्घटना घट सकती है, जिसमें हृत्पात से होनेवाली मृत्यु भी शामिल है। ऐसी परिस्थितियों से क्यों नहीं बचा जाए? इनका निरोध संभव है। आयु के चौथे

और पाँचवें दशकों में पाई जानेवाली विधवाओं की संख्या विधुरों से अधिक है। पुरुष का हृदय मूलत: अधिक कमजोर होता है और इसे सावधानीपूर्वक सँभालना चाहिए। पत्नी को अवश्यमेव उन कारणों को समझने का प्रयास करना चाहिए कि पति शीघ्र घर क्यों नहीं आ सकते हैं, किसी विशेष दिन वे क्यों अधिक उत्तेजित होते हैं और किस कारण वे क्षुब्ध हैं। तदुपरांत उनकी समस्याओं को आसान बनाने में उनकी सहायता करनी चाहिए, न कि परिस्थितियों को जटिल बनाना चाहिए।

यदि पत्नी या पति-पत्नी दोनों प्रशासक हों तो यही बात पति के साथ भी लागू होती है। तनावपूर्ण दांपत्य संबंध सिर्फ कार्य और पेशे के लिए ही प्रति-उत्पादक नहीं होता, बल्कि बच्चों पर भी इसका हानिकारक प्रभाव पड़ता है, पर दूसरी तरफ सामंजस्यपूर्ण पारिवारिक वातावरण में पति-पत्नी तनाव-मुक्त रहेंगे और पूर्ण तन्मयता से अपना कार्य संपादित कर सकेंगे। इस प्रकार न केवल एक प्रशासक के रूप में अधिक उत्तम परिणाम प्रस्तुत कर सकेंगे, बल्कि अच्छा स्वास्थ्य भी प्राप्त करेंगे।

''क्योंकि उसका हृदय उसके कार्य में तन्मय था
और हृदय प्रत्येक कला को लालित्य प्रदान करता है।''

—लौंगफेलो

□

7

अपने हृदय की स्वयं देखभाल

'मैं लोगों को पसंद करता हूँ और मैं चाहता हूँ कि वे भी मुझे पसंद करें, किंतु अपना हृदय मैं वहीं धारण करता हूँ, जहाँ ईश्वर ने उसे रखा है—अपने अंदर।'

—एफ. स्कॉट फिट्ज़ेराल्ड

'स्वयं हृदय की देखभाल' के हमारे उपागम का एक अंग है हृदय की 'स्वयं देखभाल'। हमारा हृदय निस्संदेह एक यंत्र (मानव शरीर) के इंजन के समान है और इसकी विशेष देख-रेख अवश्य होनी चाहिए, किंतु मशीन का संपूर्ण क्रिया-कलाप भी महत्त्वपूर्ण है। 'स्व-सेवा-केंद्रों के आधुनिक युग में हमारे शरीर की स्वयं देख-रेख क्यों नहीं हो? और क्या हम यह नहीं जानते हैं कि स्वचालित कार की माँग सदैव अधिक होती है, क्योंकि इसे अच्छी तरह रखा गया होता है और निश्चित रूप से माना जाता है कि यह अधिक उत्तम कार्यशील अवस्था में रहती है।

यह स्पष्ट रूप से कहा जा सकता है कि सिर्फ रोग या कमजोरी की अनुपस्थिति के लिए नहीं, बल्कि पूर्ण शारीरिक, मानसिक, सामाजिक और आध्यात्मिक स्वास्थ्य की प्राप्ति के लिए हम केवल चिकित्सक या चिकित्सालयों पर निर्भर नहीं कर सकते और न ऐसा करना ही चाहिए। ऐसी

परिस्थितियाँ अवश्य होती हैं, जब हमें चिकित्सकों और चिकित्सालयों की आवश्यकता होती है, पर हमारा लक्ष्य यह होना चाहिए कि हम यथासंभव ऐसी परिस्थितियों से बचें, जिनके कारण हमें चिकित्सकों के यहाँ जाना पड़ता है। सकारात्मक स्वास्थ्य की यही संकल्पना है, जिसका तात्पर्य होता है—शरीर को रोगमुक्त रखना। कुछ निरोधात्मक तरीकों को अपनाकर तथा व्यवहार में लाकर इसे प्राप्त किया जा सकता है। इनमें अनुशासित जीवन-पद्धति, आहार नियंत्रण और शारीरिक व्यायाम के नियमित अभ्यास सम्मिलित हैं।

आयुर्वेद विज्ञान प्रधानतः निरोधक चिकित्सा के सैद्धांतिक और व्यावहारिक पहलुओं का संगम है। आयुर्वेद बल देकर यह कहता है कि उपचार से निरोध निश्चित रूप से अधिक उत्तम है। 'स्वयं स्वास्थ्य की देखभाल' की अवधारणा की सामान्य पृष्ठभूमि यही है। इसी पृष्ठभूमि में अब हमको 'स्वयं हृदय की देखभाल' पर विचार करना है। अब ऐसे साधनों तथा तरीकों की खोज करनी है, जिनके द्वारा व्यक्ति (पुरुष/स्त्री) अपने हृदय की अधिक अच्छी देख-रेख कर सके, ताकि स्वस्थ इंजन के साथ-साथ शेष संयंत्र (संपूर्ण शरीर) की भी अच्छी प्रकार से देखभाल हो सके।

कुछ जन्मजात हृदयविकृतियों के अतिरिक्त, जो भ्रूण विकास की अवस्था में ही उत्पन्न हो जाती हैं और जन्म के समय ही उपस्थित रहती हैं, प्रायः समस्त हृदय रोगों का बहुत हद तक निरोध हो सकता है। आनुवंशिक यांत्रिकी के क्षेत्र में किए जा रहे अन्वेषणों के परिणामस्वरूप भविष्य में जन्मजात और वंशानुगत या पारिवारिक हृदयरोगों का निरोध भी संभव हो सकता है, किंतु अब हम इस बात पर विचार करें कि अन्य अनेक हृदय रोगों के संबंध में हम क्या कर सकते हैं, जिनके निरोध की संभावना है।

स्वतः देखभाल के द्वारा जिन हृदय रोगों का निरोध हो सकता है, वे निम्नलिखित हैं—(1) संधिवातीय हृदय रोग; (2) अरक्तताजन्य हृदय रोग या हृद्वाहिका रोग (हृत्पात और हृत्शूल); (3) उच्च रक्तचाप; (4) हृदयलय की अतालता (नाड़ी अनियमितता, स्पंदन) और (5) हृत्पेशी रोग (प्रारंभिक हृत्पेशी रोग, जैसे—हृत्पेशी विकृति)।

(1) संधिवातीय हृदय रोग (Rhumatic Heart Disease)

संधिवातीय ज्वर और संधिवातीय हृदय रोग गल-शोथ का परिणाम होता है, जो एक विशेष प्रकार के स्ट्रेप्टोकॉकस जीवाणु के कारण होता है। इससे जोड़ों में दर्द और सूजन तथा हृद्पेशी एवं कपाटिकाओं के रोग हो जाते हैं। संधिवातीय ज्वर जोड़ों को तो 'चाटता' ही है, किंतु हृदय को 'खाता' है। यह हृद्कपाटिकाओं को स्थायी क्षति पहुँचाता है, जिसका बाद में शल्यक्रिया द्वारा उपचार करना पड़ सकता है। यह भारत में सर्वाधिक व्यापक हृदय रोग है, जिससे हजारों स्कूली बच्चे प्रभावित होते हैं। इसके परिणामस्वरूप रोगपीड़ितों तथा उनके परिवारवालों को अपार कष्ट भोगना पड़ता है। जैसा कि प्राय: सभी विकसित देशों में प्रमाणित किया जा चुका है, संधिवातीय ज्वर मूलत: एक ऐसा रोग है, जिसका निरोध किया जा सकता है। इसके निरोध के निम्नलिखित उपाय हो सकते हैं—

(1) समाज, व्यक्ति, माता-पिता एवं शिक्षकों द्वारा भीड़-भाड़ से बचने का प्रशिक्षण देना; गल-शोथ की यथासमय पहचान और उसका यथोचित उपचार; जिसे गल-शोथ हो गया है, उसे दूसरों से स्वच्छंदतापूर्वक मिलने-जुलने की अनुमति नहीं देना और (2) राज्य द्वारा सामाजिक-आर्थिक तथा जीवन-स्तर में सुधार का प्रयास।

(2) अरक्तताजन्य हृदय रोग (Ischemic Hart Disease)

दिल का दौरा और हृद्शूल दूसरे प्रकार का सामान्य हृदय रोग है, जो अपना प्रभाव-क्षेत्र तेजी से बढ़ा रहा है। यह रोग सामान्यत: हृदय को शुद्ध ऑक्सीकृत रक्त की आपूर्ति करनेवाली रक्तवाहिकाओं के संकीर्णन के परिणामस्वरूप हृदय को कम मात्रा में रक्त मिलने के कारण होता है। अत: इन्हें हृद्वाहिका रोग या अरक्तताजन्य हृदयरोग कहते हैं। इन रक्तवाहिकाओं में लाइपोप्रोटींस (एथिरोमा) के एकत्रित हो जाने के कारण यह संकीर्णन उत्पन्न होता है, जो पहले ल्यूमेन को कम करता है। तदुपरांत हृदय की इन महत्त्वपूर्ण वाहिकाओं में रक्त का प्रवाह पूर्णत: अवरुद्ध हो

जाता है। एथिरोस्क्लेरोसिस या हृद्वाहिकाओं का अवरोधन प्रायः उन लोगों में उत्पन्न होता है, जो अधोलिखित संकट के कारकों में मगन रहते हैं : (1) धूम्रपान, (2) निरुद्यमी आदतें, (3) वसा, कार्बोहाइड्रेट्स एवं अल्कोहल को अधिक तथा सब्जियों और अधिक रेशेदार आहार को कम मात्रा में ग्रहण करना, (4) मोटापा (अधिक वजन), (5) उच्च रक्तचाप, (6) मधुमेह और (7) भावनात्मक अशांति तथा मानसिक तनाव।

इन समस्त कारकों पर सावधानीपूर्वक विचार करने के बाद यह निश्चय ही संभव लगता है कि इनमें से बहुत का नियंत्रण व्यक्ति स्वयं कर सकता है और इस प्रकार 'स्वतः हृदय की देखभाल' का उपागम एक यथार्थता बन सकता है। विगत 20 वर्षों में संयुक्त राज्य अमेरिका और कुछ यूरोपीय देशों में दिल के दौरे के प्रभाव में 25–30 प्रतिशत कमी आई है। धूम्रपान से परहेज, अधिक शारीरिक व्यायाम, कोलेस्टेरॉलयुक्त आहार तथा वसा का कम मात्रा में सेवन, उच्च रक्तचाप की यथासमय पहचान तथा प्रभावी उपचार और शिथिलीकरण की विधियों के प्रशिक्षण तथा अभ्यास के द्वारा यह संभव हुआ है। यदि कुछ देशों में ऐसा हो सकता है तो अन्यत्र भी ऐसा क्यों नहीं किया जा सकता है ? यह निश्चित रूप से संभव है और इस दिशा में हम तत्काल कार्य शुरू कर दें, ताकि हमारे देश में दिल का दौरा एक महामारी का रूप न ले सके।

(3) उच्च रक्तचाप

हमारी जनसंख्या का लगभग 5 प्रतिशत उच्च रक्तचाप से प्रभावित है (बड़े शहरों में 10–15 प्रतिशत तक भी)। इनमें लगभग 70 प्रतिशत व्यक्ति अल्प उच्च रक्तचाप, अर्थात् 90–104 मि.मी. पारा के बीच निम्न या अनुशिथिलन रक्तचाप से पीड़ित हैं। उच्च रक्तचाप की यह अवस्था गैर-औषधीय विधियों से आसानी से नियंत्रित की जा सकती है। 'स्वतः देखभाल' के उपागम द्वारा यह संभव है, जिसके अंतर्गत मुख्यतः निम्नलिखित बातें आती हैं—

(1) भोजन के साथ अधिक नमक (सोडियम) लेने से परहेज तथा उसमें ऐसी वस्तुओं को शामिल करना, जिनमें पोटैशियम लवण की मात्रा अधिक हो, जैसे—साइट्रस फल और सब्जियाँ, (2) अल्कोहल के अतिसेवन से परहेज (दो औंस व्हिस्की प्रतिदिन से अधिक नहीं, या इसके समान कोई अन्य पेय, (3) नियमित रूप से शारीरिक व्यायाम करना, (4) स्थूल शरीरवालों के लिए अपने वजन को नियंत्रित करना, (5) ध्यान और योग का अभ्यास, जिससे मानसिक शिथिलीकरण की प्राप्ति होती है तथा रक्तवाहिकाओं के स्वास्थ्य में सुधार होता है। अति उच्च रक्तचाप से ग्रस्त लोग भी यदि इन गैर-औषधीय विधियों का पालन करते हैं तो उनके लिए औषधि-मात्रा (Dose) की आवश्यकता भी कम हो जाती है।

(4) हृदयलय की अतालता

स्पंदन अनियमितता और धड़कन से संबंधित हृदय रोग (अतालता) धूम्रपान, अल्कोहल, तनाव और चाय-कॉफी तथा अन्य मृदु (कोला) पेयों के माध्यम से तथा अधिक कैफीन लेने के कारण होते या बढ़ते हैं। अतः स्थिति को गंभीर बनानेवाले इन कारकों से परहेज कर व्यक्ति अपने हृदय की अच्छी देखभाल कर सकता है। एक चिकित्सक औषधि से जो कुछ कर सकता है, उससे यह अधिक अच्छा है। वास्तव में कुछ औषधियाँ हृदय के लिए उपयोगी होने की अपेक्षा हानिकारक अधिक हो सकती हैं। अतः बहुत सतर्कतापूर्वक उनका सेवन करना चाहिए। अनेक बार हृदय की कुछ लुप्त धड़कनों से कोई नुकसान नहीं होता तथा उसके उपचार के लिए किसी औषधि की आवश्यकता नहीं होती है। कभी-कभी हृदय की स्वस्थ अवस्था में भी उसके लिए औषधि का प्रयोग कर दिया जाता है, जो हृदय के लिए हृदयरोग की अपेक्षा अधिक हानिकारक हो सकता है।

(5) हृत्पेशी विकृति

अल्कोहल के अतिसेवन के परिणामस्वरूप होनेवाले हृदय रोग को

हृत्पेशी विकृति कहते हैं। अतः अल्कोहल का सेवन नहीं करने से इस रोग का पूर्णतः निरोध हो सकता है। यदि पूर्व से ही कोई अज्ञात हृदय रोग है तो अल्कोहल हृद्पात की स्थिति भी उत्पन्न कर सकता है। यह हृदय धड़कन की अनियमितता को भी बढ़ाता है। अतः हृदय की इन गंभीर अवस्थाओं के निरोध के लिए इससे अवश्य बचाव करना चाहिए।

अतः संक्षेप में मैंने आपके समक्ष यह विचार प्रस्तुत करने का प्रयास किया है कि एक बार यदि अनेक हृदय रोगों की उत्पत्ति के कारणों को समझ लिया जाए तो इस समझदारी के आधार पर स्वतः देखभाल के उपागम को अपनाकर उनका निरोध किया जा सकता है। हृदय की देखभाल का निरोधात्मक उपागम, जो ' स्वयं देखभाल' उपागम है, उपचारात्मक उपागम की तुलना में निश्चित रूप से अधिक उत्तम और कम खर्चीला है। शास्त्रों ने इस संबंध में एक महान् संदेश दिया जब उन्होंने कहा, ''अति सर्वत्र वर्जयेत्।'' स्वास्थ्य के लिए अति भोजन या अल्कोहल का अतिसेवन समान रूप से हानिकारक है। अतः उनका संयम करना चाहिए। स्वास्थ्य की देखभाल के संबंध में जब मैं निरोधात्मक उपागम पर सोचता हूँ तो मेरे मस्तिष्क में जो एक अन्य महत्त्वपूर्ण नाम आता है, वह है कबीर का। एक स्थल पर उन्होंने कहा था—

दुःख में सुमिरन सब करे, सुख में करे न कोय,
जो सुख में सुमिरन करे, तो दुःख काहे को होय।

जब हम स्वस्थ रहते हैं, उसी समय उपरोक्त विधियों का सतर्कतापूर्वक पालन करें ताकि हम हृदय रोगों से दूर रह सकें। यदि हम इनका पूर्णतः निरोध न कर सकें, तब भी अनेक ऐसे रोगों को कुछ शताब्दियों के लिए निश्चय ही स्थगित कर सकते हैं। यह एक बहुत उत्तम कार्य होगा।

''विवेकी पुरुष का हृदय उस दर्पण के समान होता है, जिसमें समस्त वस्तुएँ प्रतिबिंबित होती हैं, किंतु वह किसी से दूषित नहीं होता।''

—कन्फ्यूशियस

□

8

रक्तचाप

''वह अनपढ़ था, दार्शनिकों की गूढ़ कला से अनभिज्ञ। वह कोई भाषा नहीं जानता था, किंतु हृदय की भाषा जानता था। स्वभाव से निष्कपट, अनुभव से ज्ञानी, आत्मसंयम और व्यायाम के कारण स्वस्थ था।''

—अलेक्जेंडर पोप

आजकल रक्तचाप सामान्य बोलचाल का शब्द बन गया है। आप प्राय: किसी को यह कहते हुए सुन सकते हैं कि 'मैं जब इस या उस व्यक्ति से मिलता हूँ तो मेरा रक्तचाप बढ़ जाता है' या कोई अन्य व्यक्ति 'निम्न रक्तचाप से पीड़ित है'।

सामान्य रक्तचाप क्या है

जिसे सामान्य चाप कहा जा सके, ऐसा कोई सुनिश्चित मापदंड नहीं है, किंतु सामान्यत: बीस वर्ष से अधिक उम्र के व्यक्ति के रक्तचाप का स्तर यदि 140/90 मि.मी. पारा हो तो उसे सामान्य माना जाता है। अनेक वर्गों के लोगों पर किए गए परीक्षणों तथा जीवन बीमा कंपनियों के आँकड़ों से सिद्ध हुआ है कि निम्नतर रक्तचाप का अधिक लंबी आयु से प्रत्यक्ष संबंध होता

है। रक्तचाप में वद्धि के साथ-साथ जीवन की लंबाई में कमी आती है। यदि 50 वर्ष की उम्रवाले किसी व्यक्ति के रक्तचाप का पाठ्यांक 110/70 मि.मी. पारा है और अन्यथा वह ठीक-ठाक है, तो वह बधाई का पात्र है।

रक्तचाप के स्तरों में स्पष्ट उतार-चढ़ाव होते रहते हैं। यह बात शारीरिक और मानसिक क्रिया-कलापों पर निर्भर करती है। यदि कई पाठ्यांक 140/90 मि.मी. पारा से ऊपर आएँ, तभी व्यक्ति को चिकित्सा की सलाह दी जानी चाहिए। उच्च रक्तचाप सामान्यत: एक मौन रोग होता है और नैत्य (रूटीन) जाँच से ही इसकी पहचान हो सकती है। अत: यह आवश्यक है कि व्यक्ति को नियतकालिक जाँच करवाते रहना चाहिए ताकि प्रारंभिक अवस्था में ही उच्च रक्तचाप का पता चल जाए। तदुपरांत यथासमय उचित उपचार करके अनियंत्रित उच्च चाप से उत्पन्न होनेवाली गंभीर जटिलताओं से बचा जा सकता है।

यह अनुमान लगाया जाता है कि लगभग 5-10 प्रतिशत वयस्क उच्च रक्तचाप से पीड़ित हैं, और ऐसा विशेषकर शहरी और औद्योगिक क्षेत्रों की आबादी के साथ है। उच्च रक्तचाप का पता लगाना आसान, किंतु उपचार करना कठिन है। उपचार इसलिए कठिन नहीं है कि आवश्यक औषधियाँ उपलब्ध नहीं हैं, बल्कि इसलिए कि लोग नियमित रूप से उपचार नहीं कराते, क्योंकि रोग के लक्षण प्राय: प्रकट नहीं होते। मैं यह स्पष्ट कर देना चाहता हूँ कि उच्च रक्तचाप को अनुपचारित छोड़ देने से चाप में और वद्धि होती है तथा वृक्क, हृदय, मस्तिष्क और आँख जैसे शरीर के महत्त्वपूर्ण अंगों को क्षति पहुँचती है। यदि औषधियों या अन्य विधियों से रक्तचाप को नियंत्रित रखा जाए, तो व्यक्ति अनेक जटिलताओं से बचते हुए सामान्य जीवन बिता सकता है।

यद्यपि उच्च रक्तचाप बहुधा अनभिव्यक्त रह सकता है, किंतु सिर का भारीपन, क्षीण दृष्टिशक्ति, सिरदर्द, श्वास अल्पता और निद्रा में तकलीफ आदि ऐसे लक्षण हैं, जो उच्च रक्तचाप के संबंध में प्रारंभिक चेतावनी के संकेत हो सकते हैं। इन प्रारंभिक लक्षणों की अवहेलना नहीं की जानी चाहिए।

एक बार इनकी उपस्थिति का ठीक-ठीक पता लग जाने पर उपयुक्त उपचार अविलंब प्रारंभ कर देना चाहिए।

औषधियाँ

शल्यक्रिया से उच्च रक्तचाप के लगभग 5 प्रतिशत रोगी ही लाभान्वित हो सकते हैं। शेष 95 प्रतिशत का समुचित उपचार औषधियों एवं अन्य विधियों से ही हो सकता है। इस हेतु अनेक औषधियाँ उपलब्ध हैं। किंतु व्यक्तिगत प्रयोग के आधार पर ही किसी विशेष रोगी के लिए सर्वाधिक उपयुत्त औषधि का पता लगाया जा सकता है। प्राय: सभी औषधियों के कुछ पार्श्व-प्रभाव होते हैं और लंबे समय तक उपचार चलाना पड़ता है। अत: रक्तचाप के जिन रोगियों की चिकित्सा चल रही होती है, उनकी नियतकालिक जाँच भी होती रहनी चाहिए ताकि औषधियों के किसी संभावित नकारात्मक प्रभाव का पता चल सके। औषधियों का आजीवन सेवन करना सहज कार्य नहीं है, किंतु उच्च रक्तचाप के प्राय: समस्त रोगियों के लिए यह आवश्यक है। यदि इन औषधियों का कोई बुरा प्रभाव न पड़े तो वे रोगियों के लिए उनके दैनिक भोजन के समान ही सामान्य जीवन जीने में सहायक होती हैं।

गैर-औषधीय उपाय

140/90 से 160/100 मि.मी. पारा के बीच के मंद उच्च रक्तचाप की अवस्था में निम्नलिखित उपाय रक्तचाप को सामान्य बनाए रखने में सहायक होते हैं—वजन को कम करना (यदि व्यक्ति मोटा है), अतिरिक्त नमक से परहेज, ध्यान एवं योगासन जैसी शिथिलीकरण की तकनीकों का अभ्यास एवं नियमित शारीरिक व्यायाम। इन विधियों को अपनाने की सलाह उन रोगियों को भी दी जाती है, जिन्हें रक्तचाप को नियंत्रित करने के लिए औषधियों की आवश्यकता होती है। उच्च रक्तचाप का पता लगाने के लिए यह उचित है कि व्यक्ति की नियत-कालिक जाँच कराई जाए। एक बार

पता लग जाने के बाद नियमित चिकित्सकीय देख-रेख में उसकी समुचित चिकित्सा होनी चाहिए।

"अपने स्वास्थ्य का जीर्ण होने तक का उपयोग कीजिए। यह इसीलिए बना है। मरने के पहले अपना सर्वस्व न्योछावर कर दीजिए और अपनी आयु से अधिक समय तक जीवित मत रहिए।"

—जार्ज बर्नार्ड शॉ

□

9

उच्च रक्तचाप का गैर-औषधीय उपचार

''आवश्यकता होने पर औषधीय उपचार की उपेक्षा न कीजिए, किंतु स्वास्थ्य लाभ के बाद इसको त्याग दीजिए। औषधि की अपेक्षा आहार के द्वारा रोगोपचार श्रेयस्कर है, यदि आप पाते हैं कि जो वांछित है, वह एक ही जड़ी-बूटी में है तो सम्मिश्रित औषध द्रव्य का उपयोग न कीजिए। स्वास्थ्य ठीक रहे तो औषधियों से परहेज ही कीजिए, किंतु जब आवश्यक हो तो उसका सेवन कीजिए।''

—बहाई सिद्धांत

बीमार होने पर आम लोगों के साथ-साथ चिकित्सक भी यह बहुत अधिक पसंद करेंगे कि यदि संभव हो तो वे बिना किसी औषधि के ही स्वस्थ हो जाएँ। प्राय: सभी औषधि-पैकेटों पर स्पष्ट रूप से 'विष' लिखा रहता है और उसके चारों ओर सुस्पष्ट घेरा भी रहता है। इन दोनों तथ्यों के लिए निश्चय ही ठोस कारण होने चाहिए : प्रथम, औषधि नहीं लेने की इच्छा और द्वितीय, इस बात के प्रति सावधान रहना कि औषधि व्यक्ति के लिए हानिकारक हो सकती है। 'आयेट्रोजेनिक' (चिकित्सक और औषधि द्वारा उत्पन्न किया गया रोग) शब्द की उत्पत्ति निश्चय ही उन लोगों की कब्र से हुई होगी, जिनका देहांत चिकित्सकों और औषधियों के कारण हुआ है,

न कि उनकी अनुपलब्धता के कारण।

इस बात में कोई संदेह नहीं है कि अनेक चिकित्सात्मक परिस्थितियों में औषधियों का समय पर उपयोग जीवन-रक्षा का एकमात्र उपाय होता है। इस संदर्भ में क्लोरोमाइसिटिन, पेनिसिलीन, प्रतियक्ष्मज (anti-tubercular), प्रतिश्वेतरक्तता (anti-leukemic) और उच्च रक्तचाप प्रतिरोधी औषधियों के क्रांतिकारी अन्वेषणों से सभी अच्छी तरह परिचित हैं। दूसरी तरफ, अनेक परिस्थितियाँ ऐसी होती हैं, जब कि रोग एक हितैषी प्रक्रिया होती है। यह स्वतः-सीमित रोग शरीर को अधिक आराम देने के लिए उत्पन्न होता है। साधारण सर्दी, शरीर में अकारण दर्द और तनावजन्य सरदर्द आदि रोगों के ऐसे सामान्य उदाहरण हैं, जो बिना औषधि लिये भी ठीक हो जाएँगे। यदि अनावश्यक रूप से औषधियाँ ली जाएँगी तो इससे अतिरिक्त समस्याएँ उत्पन्न हो सकती हैं, जिनके उपचार के लिए दोषी औषधि के प्रतिकारक के रूप में अन्य औषधियों की आवश्यकता होगी। चिकित्सा से अधिकतम लाभ प्राप्त करने और आयेट्रोजेनिक समस्याओं से बचने हेतु यह आवश्यक है कि चिकित्सकों को मानव शरीर, रोग की प्रकृति और प्रक्रिया, भेषज क्रियाविज्ञान तथा विभिन्न औषधियों के पार्श्व-प्रभावों का व्यापक ज्ञान हो।

उच्च रक्तचाप : एक परिभाषा

सामान्यतः एक ऐसा व्यक्ति, जिसका रक्तचाप निम्न है तथा जो अन्य दृष्टि से सामान्य और स्वस्थ है, अपने दैनिक कार्यों एवं शारीरिक व्यायाम कार्यक्रम का संपादन बगैर किसी रोग-लक्षण के कर सकता है तो अंततः उसके लिए उपलब्धि उत्तम ही रहेगी। जीवन बीमा कंपनियों के आँकड़ों से सिद्ध हुआ कि उच्चतर रक्तचापवाले व्यक्तियों में रुग्णता और मृत्यु की दर अधिक होती है तथापि सांख्यिकीय, जानपदिक वैज्ञानिक एवं चिकित्सात्मक प्रयोजनों के लिए कुछ विश्वस्त आँकड़ों का होना आवश्यक है। समस्त विश्व में किए गए अनेक व्यापक जानपदिक-रोग-वैज्ञानिक अध्ययनों के आधार पर यह स्वीकार किया गया है कि वयस्कों में रक्तचाप का 140/90

मि.मी. पारा स्तर सामान्य माना जाना चाहिए। उच्च चाप (प्रकुंचन) में निम्न चाप (अनुशिथिलन) की अपेक्षा अधिक उतार-चढ़ाव होता है। अतः उच्च रक्तचाप की गंभीरता को निर्धारित करने हेतु प्रायः अनुशिथिलन चाप को ही आधार बनाया जाता है। यदि तीन विभिन्न अवसरों पर शांत वातावरण में लिये गए रक्तचाप पठनों का औसत 140/90 मि.मी. पारा से अधिक हो तो ऐसा माना जाता है कि व्यक्ति को उच्च रक्तचाप है।

यदि अनुशिथिलन रक्तचाप 90 से 104 मि.मी. पारा हो तो उसे हलका उच्च रक्तचाप कहेंगे। उच्च रक्तचाप से ग्रस्त लोगों की कुल संख्या का अधिकांश भाग (लगभग 70 प्रतिशत) इसी सीमा में आता है।

इस विषय पर कोई मतभेद नहीं है कि 104 मि.मी. पारा से अधिक अनुशिथिलन रक्तचापवाले रोगियों की चिकित्सा अत्यावश्यक रूप से औषधीय या अन्य उपलब्ध साधनों के द्वारा होनी चाहिए, किंतु 90 से 104 मि.मी. पारा अनुशिथिलन रक्तचाप के रोगियों के लिए औषधीय उपचार के परिणाम अभी भी अंतिम नहीं हैं, जिससे उनकी एक बड़ी जनसंख्या को इससे मिलनेवाले दीर्घकालीन समग्र लाभ के बारे में निश्चित रूप से कुछ कहा नहीं जा सकता है।

उच्च रक्तचाप की समस्या का आकार

प्रायः सभी विकसित देशों की वयस्क जनसंख्या का लगभग 10-15 प्रतिशत उच्च रक्तचाप से ग्रस्त है। इनमें से आधे लोग ऐसे होते हैं, जिन्हें इसकी कोई भी जानकारी नहीं होती। इसका पता उन्हें तब चलता है, जब हृदयाघात या दिल का दौरा जैसी कोई जटिल समस्या अचानक उत्पन्न होती है। उच्च रक्तचाप वस्तुतः एक अप्रत्यक्ष रोग है। यदि कोई व्यक्ति सिर में भारीपन, श्वासहीनता या हलकी शारीरिक थकान, कार्य में एकाग्रता की कमी, कमजोर दृष्टि और क्षुब्ध निद्रा जैसे लक्षणों का अनुभव करे तो उसे अवश्यमेव अपने रक्तचाप का परीक्षण करवाना चाहिए। भारत में गाँवों की तुलना में शहरी क्षेत्रों में उच्च रक्तचाप की व्यापकता

3 से 6 प्रतिशत अधिक है। यहाँ 20 वर्ष से अधिक उम्र के लोगों की संख्या लगभग 33 करोड़ (1981 जनगणना) है। उच्च रक्तचाप की औसत व्यापकता लगभग 5 प्रतिशत है। इस प्रकार हमारे देश में उच्च रक्तचाप से ग्रस्त लोगों की संख्या लगभग 1.6 करोड़ (1986) है। इसी आकलन के आधार पर हम कह सकते हैं कि उच्च रक्तचाप से पीड़ित लोगों की संख्या में प्रतिवर्ष 8 लाख की वृद्धि हो रही है। एक मोटे अनुमान के अनुसार, अभी भारत में उक्त रक्तचाप से ग्रस्त लोगों की संख्या लगभग 2 करोड़ से ऊपर होगी।

उच्च रक्तचाप के उपचार की आवश्यकता

यदि उच्च रक्तचाप का यथासमय उचित उपचार न किया जाए तो इसके परिणामस्वरूप कार्य संपादन में ह्रास, कमजोर दृष्टि, हृद्शूल, हृदयाघात, लकवा, धमनी-काठिन्य, गुरद और हृदय का पात होता है। यह निर्णायक रूप से सिद्ध हो चुका है कि उच्च रक्तचाप के प्रभावी नियंत्रण से हृद्वाहिका रोगों के कारण होनेवाली रुग्णता और मृत्यु-दर में पर्याप्त कमी आती है। अत: उच्च रक्तचाप को नियंत्रित करना नितांत आवश्यक है, ताकि हृदय, मस्तिष्क, नेत्र एवं गुरद के गंभीर उपद्रवों का निरोध किया जा सके।

गैर-औषधीय उपचार क्यों?

उच्च रक्तचाप के रोगियों के उपचार के लिए प्रयुक्त प्राय: समस्त औषधियों के पार्श्व-प्रभाव होते हैं। हमको यह जानना चाहिए कि शल्यक्रिया द्वारा असाधारण अवसरों पर ही उच्च रक्तचाप का उपचार किया जा सकता है और यह भी तभी संभव है, जब प्रारंभ में ही इसका पता लग जाए (5 प्रतिशत रोगियों के संबंध में ही ऐसा होता है)। लगभग 95 प्रतिशत रोगियों का उपचार आजीवन चलता रहता है। प्रतिदिन या दिन में कई बार गोली खाना वास्तव में बहुत कठिन कार्य है, साथ ही शायद ही ऐसी कोई गोली होती है, जिसका यदि लंबी अवधि तक सेवन किया जाए तो उसका कोई पार्श्व-प्रभाव न पड़े। उच्च रक्तचाप के नियंत्रण के लिए प्रयुक्त थायजाइड्स से रक्त-शर्करा, रक्त-

लाइपिड्स और यूरिक अम्ल (ये सभी दिल के दौरे के संभावित खतरे के कारक हैं) के स्तरों में वृद्धि तथा रक्त में सोडियम और पोटैशियम के स्तरों में कमी आ सकती है। इनके परिणामस्वरूप स्पष्ट रूप से सुस्ती और पेशियों में कमजोरी उत्पन्न होती है। इस रोग में सामान्यत: प्रयुक्त बीटा–अवरोधक नाम के एक अन्य औषधीय समूह के सेवन से थकान, हाथ–पैरों की उँगलियों का ठंडा होना, अवसाद और विकृत कामभावना उत्पन्न हो सकती है। इस प्रकार जीवन की गुणवत्ता में कमी आती है।

ये सिर्फ गिने–चुने उदाहरण हैं। अन्य उच्च रक्तचाप प्रतिरोधी औषधियों का भी आवांछित पार्श्व–प्रभाव पड़ता है। इसका तात्पर्य यह नहीं है कि उच्च रक्तचाप की इन औषधियों को त्याग सकते हैं। इन महत्त्वपूर्ण औषधियों की सहायता से ही प्रतिवर्ष हजारों लोगों के जीवन की रक्षा होती है। अस्पताल में आपात सेवा में अति उच्च रक्तचाप के परिणामस्वरूप गंभीर फुप्फुस संकुल से पीड़ित, बड़ी कठिनाई से श्वास लेते हुए, भयानक सिरदर्द से परेशान एक रोगी को लाया जाता है। उसे उच्च रक्तचाप निरोधी शक्तिशाली औषधि की कुछ बूँदें देकर आराम से टहलते हुए घर वापस किया जा सकता है। अत: अति गंभीर एवं सामान्य रूप से गंभीर उच्च रक्तचाप के उपचार में विभिन्न औषधियों की उपयोगिता पूर्णत: सिद्ध हो चुकी है, किंतु अल्प उच्च रक्तचाप (अर्थात् 90 से 104 मि.मी. पारा के अनुशिथिलन चाप) के उपचार के प्रसंग में उनकी भूमिका के बारे में निश्चयपूर्वक कुछ नहीं कहा जा सकता है। उच्च रक्तचापग्रस्त जनसंख्या के प्रमुख भाग के रूप में इसी अल्प उच्च रक्तचापवाले लोगों का समूह है। उच्च रक्तचाप से पीड़ित लोगों की कुल संख्या का 70 प्रतिशत अल्प उच्च रक्तचापवालों का है। इस प्रकार भारत में उनकी संख्या लगभग 1.5 करोड़ है। उनका निम्न चाप 90 से 104 मि.मी. पारा की सीमा में है। क्या इन 1.5 करोड़ लोगों के रक्तचाप को कम करने के लिए (अर्थात् अनुशिथिलन चाप को 90–104 मि.मी. पारा से कम कर 90 मि.मी. पारा से नीचे लाने के लिए) औषधियों का उपयोग किया जाना चाहिए? जबकि इनसे होनेवाले लाभ के बारे में निश्चयपूर्वक कुछ नहीं कहा जा सकता और यदि कुछ

होता भी है तो वह न्यूनतम है। औषधियों से 'रक्त' चाप में निश्चय ही कुछ मि.मी. की कमी आएगी, किंतु इसके साथ ही कामेच्छा एवं समग्र शारीरिक कार्य निष्पादन जैसे अन्य महत्त्वपूर्ण मानवीय कार्यों में कमी आती है। रक्त-शर्करा, इलेक्ट्रोलाइट और सीरम रक्त वसाकण असामान्यता जैसे जैवरासायनिक पक्षों में भी अनेक परिवर्तन होते हैं। इस पृष्ठभूमि में तथा उच्च रक्तचाप से पीड़ित लोगों में अधिकांश के लिए ऐसी विधियों की खोज करनी है, जिनसे चाप नियंत्रण हो सके और उनका कोई गंभीर पार्श्व-प्रभाव भी न पड़े।

रक्तचाप नियंत्रण के गैर-औषधीय उपाय

यदि जाँच के बाद पता चले कि किसी व्यक्ति का रक्तचाप ऊँचा है तो सर्वप्रथम उपाय यही होना चाहिए कि किसी प्रकार की हड़बड़ी न की जाए तथा रक्तचाप के कुछ और पठन लिये जाएँ। यदि रक्तचाप की निम्न सीमा 90-104 मि.मी. पारा हो और ई.सी.जी. में हृद्वाहिका दबाव नहीं मिले या आँखों में (फंडस परीक्षण) या गुर्दे में क्षति के कोई चिह्न नहीं हों और रोगी में कोई विशिष्ट लक्षण भी नहीं हो तो ऐसी परिस्थितियों में औषधियों का उपयोग नहीं होना चाहिए। ऐसे रोगियों की देखभाल गैर-औषधीय विधियों से की जानी चाहिए। इन विधियों की अनुशंसा वैसे उन रोगियों के लिए भी की जाती है, जिनका रक्तचाप अल्प या गंभीर रूप से ऊँचा हो तथा जो रक्तचाप को कम करने के लिए औषधियों का सेवन कर रहे हों। इनके द्वारा इन अतिरिक्त विधियों को अपनाने से उच्च रक्तचाप निरोधक औषधियों की मात्रा को कम करने में भी सहायता मिलती है।

ऐसी अनेक गैर-औषधीय विधियाँ हैं, जो रक्तचाप कम करने में सहायक होती हैं तथा सामान्य आतानक (नॉर्मोटेंसिव) व्यक्तियों का रक्तचाप भी नहीं बढ़ने देती हैं। ये निम्नलिखित हैं—वजन नियंत्रण, नमक (सोडियम) का सीमित उपयोग, आहार में पोटैशियम की अधिक मात्रा, रेशेदार वस्तुओं से युक्त शाकाहारी भोजन, सीमित अल्कोहल, नियमित शारीरिक व्यायाम, ध्यान और योग जैसे शिथिलीकरण के अभ्यास।

यह एक दिलचस्प बात है कि संसार में सभ्यता की मुख्यधारा से अलग-थलग रहनेवाली ऐसी भी जनसंख्या है, जहाँ उम्र के साथ रक्तचाप में वृद्धि नहीं होती है तथा उच्च रक्तचाप उनके लिए एक काल्पनिक चीज है। इस जनसमुदाय की कुछ विशेषताएँ निम्नलिखित हैं—(1) उद्योगीकृत समाज से दूर रहना, (2) ऐसा आहार ग्रहण करना, जिसमें सोडियम की मात्रा कम और पोटैशियम तथा सब्जियों की मात्रा अधिक हो, (3) पर्याप्त शारीरिक व्यायाम करना और (4) शारीरिक स्थूलता का अभाव।

वजन नियंत्रण

विभिन्न समूहों के लोगों पर किए गए अन्वेषणों से पता चला है कि उच्चतर शारीरिक वजन का रक्तचाप की वृद्धि से सीधा संबंध होता है। अनेक चिकित्सात्मक शोधों से सिद्ध हुआ है कि वजन में कमी आने से रक्तचाप नीचे आता है। जैसा कि अनेक युद्धों के समय देखा गया है कि भुखमरी और आंशिक भुखमरी के परिणामस्वरूप वैसे अनेक लोगों का रक्तचाप सामान्य हो गया, जो उच्च रक्तचाप से पीड़ित थे। रक्तचाप को कम करने के साथ-साथ वजन घटाने से रक्त-कोलेस्टेरॉल और रक्त-शर्करा के स्तरों में भी गिरावट आती है। ये दोनों दिल के दौरे के खतरनाक कारण हैं।

नमक

अल्प मात्रा में नमक लेनेवाले लोगों का उच्च रक्तचाप कम होता है और यह बात विलोम रूप में भी सही है, लेकिन व्यक्तिगत स्तर पर उच्च रक्तचाप के एक कारक के रूप में नमक की भूमिका अभी तक प्रमाणित नहीं हो सकी है। संभवत: आनुवंशिक रूप से कुछ ऐसे पूर्वप्रवृत्त लोग होते हैं, जो नमक के प्रति संवेदनशील होते हैं और जब वे अधिक नमक का उपयोग करते हैं तो उनका रक्तचाप ऊँचा हो जाता है। नमक-उद्दीपन और नमक-प्रत्याहार के अतिरिक्त संप्रति ऐसी कोई विधि नहीं है, जिसके द्वारा जनसंख्या के उस समूह का पता लग सके, जिसका रक्तचाप नमक के प्रति

संवेदनशील होने के कारण ऊँचा होता है। चूँकि नमक का उपयोग कम करने से किसी प्रकार की हानि नहीं होती है, अतः सामान्यतः नमक के अति सेवन (5–6 ग्राम प्रतिदिन से अधिक) से बचना चाहिए। ऐसा करने से नमक के प्रति संवेदनशील बहुत से लोगों का रक्तचाप ऊँचा नहीं होगा।

पोटैशियम

शायद ही ऐसा कोई आहार होता है, जिसमें सिर्फ सोडियम के अतिरिक्त अन्य लवण न हों। अन्वेषणों से प्रमाणित हुआ है कि निम्नतर सोडियम/पोटैशियम अनुपात ही रक्तचाप के लिए लाभदायक होता है, न कि सिर्फ सोडियम की कमी। अतः यह पाया गया है कि उच्च रक्तचाप के कुछ रोगियों के रक्तचाप को घटाने में अधिक पोटैशियमयुक्त आहार और पोटैशियम संपूरक सहायक होते हैं। चूहों की एक उपजाति पर, जो आनुवंशिक रूप से स्वतः उच्च रक्तचापयुक्त होते हैं, कुछ प्रयोगात्मक अध्ययन किए गए। उन्हें अधिक पोटैशियमयुक्त आहार दिया गया। इससे उनको होनेवाले लकवा की मात्रा में स्पष्ट रूप से कमी आ गई।

आहार

हम यह अच्छी तरह जानते हैं कि कुल मिलाकर, अधिकांशतः मांसाहारी लोगों की तुलना में, शाकाहारी लोगों का रक्तचाप निम्नतर होता है। ऐसा संभवतः इसलिए होता है कि शाकाहारी भोजन में बहुअसंतृप्त वसा, रेशेदार खाद्य पदार्थ और पोटैशियम अधिक मात्रा में रहते हैं। यह प्रमाणित किया गया है कि अधिक शर्करायुक्त (सुक्रोजयुक्त) आहार से मनुष्यों और पशुओं, दोनों का रक्तचाप बढ़ता है। ऐसा संभवतः जल और नमक के प्रतिधारण (retention) और उच्च अनुकंपी सक्रियता के कारण होता है।

अल्कोहल

अनेक जानपदिक रोगवैज्ञानिक एवं उपचारात्मक अध्ययनों से सिद्ध

हुआ है कि प्रतिदिन 30-60 ग्राम इथेनॉल से अधिक मात्रा में अल्कोहल के सेवन का वाहिका-दाबवर्धी प्रभाव पड़ता है और रक्तचाप में वृद्धि होती है। यह अनुमान किया जाता है कि उच्च रक्तचाप का 5 से 10 प्रतिशत कारण अल्कोहल का अतिसेवन है। यह भी एक प्रमाणित तथ्य है कि अल्कोहल का सेवन नहीं करने से रक्तचाप सामान्य हो जाता है। अतः उच्च रक्तचाप को नियंत्रित करने की एक प्रमुख गैर-औषधीय विधि है कि या तो अल्कोहल का सेवन पूर्णतः बंद कर दिया जाए या इसे प्रतिदिन दो औंस से कम मात्रा (दो औंस व्हिस्की या दो गिलास बीयर या शराब) तक सीमित रखा जाए।

शारीरिक व्यायाम और शिथिलन अनुक्रिया

नियमित गतिशील व्यायाम से उच्च और निम्न रक्तचाप दोनों कम होते हैं। यह एक ज्ञात तथ्य है कि तनावपूर्ण परिस्थितियों के कारण उच्च रक्तचाप की स्थिति उत्पन्न होती और बनी रहती है। योग, ध्यान और जैवपुनर्निवेश जैसे शिथिलीकरण की विधियों के लाभकारी प्रभाव की अवधारणा इसी जानकारी पर आधारित है। विगत दो दशाब्दियों में किए गए अनेक अन्वेषणों से प्रमाणित हुआ है कि शिथिलीकरण की इन विधियों के अभ्यास से प्रकुंचन और अनुशिथिलन रक्तचाप दोनों में विभिन्न मात्राओं की कमी आती है। जो लोग पूर्व से ही उच्च रक्तचाप प्रतिरोधी औषधियाँ ले रहे हैं, वे यदि शिथिलीकरण की इन विधियों का अभ्यास करते हैं तो उनकी औषधि-आवश्यकता कम हो जाती है।

जिन अनेक गैर-औषधीय विधियों का ऊपर वर्णन किया गया है, उन्हें रक्तचाप से पीड़ित समस्त रोगियों की देखभाल के संदर्भ में एक चिकित्सात्मक पद्धति का स्वरूप दिया जाना चाहिए। अल्प उच्च रक्तचाप के रोगियों के लिए सिर्फ ये उपाय ही पर्याप्त हो सकते हैं और इस प्रकार उच्च रक्तचाप प्रतिरोधी औषधियों के पार्श्व-प्रभावों से उनका बचाव भी हो सकता है। पूर्व से ही रक्तचाप घटानेवाली औषधियों का सेवन करनेवाले

रोगी यदि इन गैर-औषधीय विधियों को उपचारात्मक साधन के रूप में नियमित प्रयोग करें तो उन्हें औषधियों की मात्रा और संख्या को कम करने में सुविधा होगी।

''स्वास्थ्य एक ऐसी चीज है, जिससे आप अनुभव करेंगे कि वर्ष का सर्वोत्तम समय अभी ही है।''

—फ्रैंकलिन पी. ऐडम्स

□

10

निम्न रक्तचाप

''उपवास से केवल रोटी की बचत होती है, पर आपने यदि हृदय पर विजय प्राप्त कर ली तो आपने सब कुछ जीत लिया।''

—अब्दुल्ला अंसारी

किसी व्यक्ति के सामान्य रक्तचाप के लिए कोई निर्धारित सूचकांक नहीं है। जनसमूहों पर किए गए अध्ययनों के आधार पर विश्व स्वास्थ्य संगठन ने निश्चित किया है कि 20 वर्ष या इससे अधिक उम्र के वयस्कों के लिए 140/90 मि.मी. पारा तक का पाठ्यांक (reading) सामान्य माना जा सकता है और इससे ऊपर उच्च रक्तचाप। इस प्रकार निम्न रक्तचाप के अस्तित्व का कोई निर्धारित स्वरूप नहीं है, तथापि हम प्राय: किसी-न-किसी रोगी को यह कहते हुए सुनते हैं कि मैं निम्न रक्तचाप से पीड़ित हूँ। यह कभी-कभी उनको अपने में ओज की कमी का अनुभव हो सकता है, न कि निम्न रक्तचाप की कमी का। उम्र बढ़ने के साथ रक्तचाप में वृद्धि की प्रवृत्ति पाई जाती है। सभ्यता से अलग दूरस्थ द्वीपों में रहनेवाली संसार की कुछ जातियाँ इसका अपवाद हैं। 50 वर्ष की आयु का एक व्यक्ति, जो अन्य दृष्टि से स्वस्थ है, अपने घरेलू तथा कार्यालय के समस्त कार्यों का संपादन सक्रियतापूर्वक कर रहा है, उसकी नैत्य (Routine) जाँच से पता चले कि

उसका रक्तचाप पाठ्यांक 105/70 मि.मी. पारा है तो यह पाठ्यांक निम्न रक्तचाप की तरह मालूम पड़ सकता है, किंतु उसके लिए यह उसका सामान्य रक्तचाप हो सकता है। दूसरी तरफ, यदि पूर्व में उसका रक्तचाप 140/85 मि.मी. पारा था और किसी दिन पता चलता है कि यह 110/70 मि.मी. पारा है, तो यह उस व्यक्ति में निम्न रक्तचाप की अवस्था हो सकती है। इस स्थिति में रक्तचाप में गिरावट के कारणों को ढूँढ़ना आवश्यक होगा। इस परिस्थिति में उस व्यक्ति में चंचलता, कमजोरी, बेहोशी और पसीना आना जैसे लक्षण प्रकट होते हैं। इस तथ्य का कोई निर्धारित स्वरूप नहीं है कि कोई व्यक्ति 'निम्न रक्तचाप' से पीड़ित है। जब कोई व्यक्ति कमजोरी, मूर्च्छा, बेहोशी, वमन या चंचलता जैसे किसी लक्षण की शिकायत करे और परीक्षण करने पर पता चले कि उसे निम्न रक्तचाप है तो सावधानीपूर्वक उस व्यक्ति के निम्न चाप के आधारभूत कारणों का पता लगाना चाहिए। रक्तचाप की गिरावट के अनेक कारण हो सकते हैं, यथा—पीड़ारहित हृदयाघात, अत्यधिक रक्त-स्राव, अधिक वमन या अतिसार, गरम जलवायु में कम पसीना निकलना या ज्वर और गरम मौसम में पसीने के माध्यम से जल और नमक की हानि का अपर्याप्त प्रतिस्थापन। उम्र के साथ, अन्य दृष्टि से सामान्य व्यक्ति के रक्तचाप का नहीं बढ़ना रोग की अवस्था का द्योतक नहीं, बल्कि अच्छे स्वास्थ्य का परिचायक है। गरम मौसम में जल के साथ पर्याप्त नमक लेना चाहिए ताकि अधिक जल पीने के कारण नमक का स्तर न गिरे। निम्न रक्तचाप की अन्य दो उल्लेखनीय अवस्थाएँ हैं, जिनकी उत्पत्ति स्वचालित तंत्रिका तंत्र के असंतुलन के कारण होती है। ये हैं—

वाहिका वेगसी मूर्च्छा (Vaso-Vagal Syncope)

यह अवस्था अन्य दृष्टि से स्वस्थ व्यक्ति में उत्पन्न होती है। इसमें भय, दर्द, अप्रिय दृश्यावलोकन या लंबे समय तक खड़े रहने के कारण नाड़ी की गति और रक्तचाप में अचानक गिरावट आ जाती है। इसकी अभिव्यक्ति मूर्च्छा, अत्यधिक पसीना और वमन के रूप में होती है। पैर उठाकर चित

लेट जाने से नाड़ी की गति और रक्तचाप को तत्काल सामान्य स्थिति में लाने में सहायता मिलती है।

स्थितिज निम्न रक्तचाप (Postural Hypotension)

इस अवस्था में रक्तचाप सामान्य रहता है या उच्च रक्तचाप के रोगियों के समान ऊँचा, किंतु बैठने या खड़े होने पर उसमें स्पष्ट गिरावट आ जाती है। ऐसा दुर्बल अनुकंपी क्रियाशीलता के कारण होता है, जो स्वचालित तंत्रिका तंत्र का एक अंग है। यह स्थिति निम्नलिखित अवस्थाओं में उत्पन्न होती है—

1. अधिक उम्र के व्यक्ति, 2. मधुमेह, 3. पैर में वेरिकोज नसें, 4. रक्तचाप घटानेवाली औषधियाँ लेनेवाले रोगी, 5. ऊष्माजनित थकान, उपवास और दीर्घकालीन शय्या-विश्राम।

रक्तचाप में आकस्मिक गिरावट आने से मस्तिष्क और हृदय को गंभीर क्षति पहुँच सकती है। अत: ऐसी परिस्थितियों से बचने के लिए पर्याप्त सावधानी बरतनी चाहिए। रक्तचाप की स्थितिज (postural) गिरावट से बचने के लिए निम्नलिखित उपाय सहायक हो सकते हैं। समुचित भौतिक चिकित्सा, शय्या-विश्राम की आवश्यकता उत्पन्न होने पर इसकी शीघ्र व्यवस्था, ज्वर की अवधि में जल और नमक की कमी को रोकना, प्रबल शारीरिक व्यायाम और गरम-आर्द्र मौसम, रक्तचाप कम करनेवाली औषधियों और उनकी खुराकों का सावधानीपूर्वक नियमन, मार्गदर्शक के रूप में केवल लेटी हुई अवस्था का ही नहीं वरन् खड़ी और बैठी हुई अवस्था के रक्तचाप के पाठ्यांक को भी सामने रखना और वेरिकोज नसोंवाले रोगियों के लिए टहलने के समय लचीले मोजे का उपयोग। अधिक उम्रवाले एवं मधुमेही व्यक्तियों के लिए ये उपाय विशेष रूप से महत्त्वपूर्ण हैं, क्योंकि वे स्थितिज रक्तचाप के प्रति अधिक प्रवण होते हैं। आरामदायक स्थिति से अचानक खड़े होने पर गिर जाने के कारण उनके सिर में चोट लगने तथा अंग-भंग होने की बहुत संभावना रहती है।

विकसित गर्भावस्था में लेटी हुई स्थिति में कुछ महिलाओं का रक्तचाप निम्न हो सकता है। इसका कारण यह है कि हृदय की ओर रक्त ले जानेवाली

बड़ी रक्तवाहिका पर बढ़े हुए सगर्भ गर्भाशय का दबाव पड़ता है। इसके परिणामस्वरूप हृदय में पर्याप्त रक्त नहीं भरता। थोड़ा बगल की ओर झुककर या पीठ का सहारा लेकर लेटने से दबाव को सामान्य बनाने में मदद मिलेगी।

इन परिस्थितियों की जानकारी रहने पर निम्न रक्तचाप के स्वरूप को ठीक से समझने तथा आवश्यक आशंका और भय से बचने में सहायता मिलेगी। यदि कोई व्यक्ति अन्य दृष्टि से स्वस्थ है, उसका नैत्य (रूटीन) रक्तचाप पाठ्यांक 100/70 या 110/80 मि.मी. पारा है तथा अन्य कोई लक्षण नहीं हैं, तो वह बधाई का पात्र है, न कि दया का।

''उत्क्लेशी घूँट के लिए चिकित्सक के पास जाने की अपेक्षा अनमोल स्वास्थ्य के लिए व्यायाम या दौड़-धूप करना अधिक उत्तम है। शरीर की देखभाल के लिए विवेकशील व्यक्ति व्यायाम पर निर्भर करते हैं; ईश्वर ने अपना कोई कार्य इसलिए नहीं किया कि मनुष्य उसमें सुधार करे।''

—जॉन ड्राइड्रेन

□

11

धूम्रपान और हृदय

''हे ईश्वर के प्यारो! अनुभव ने प्रमाणित किया है कि स्वास्थ्य और तेजस्विता; मन के विस्तार और कुशाग्रता तथा शारीरिक शक्ति के लिए धूम्रपान का त्याग कितना सहायक होता है। ''

—बहाई सिद्धांत

स्वास्थ्य की समस्याओं और धूम्रपान के बीच इतना गहरा संबंध है कि विश्व स्वास्थ्य संगठन ने 1980 को धूम्रपान विरोधी वर्ष के रूप में मनाने की आवश्यकता महसूस की थी। विषय था—'धूम्रपान या स्वास्थ्य'। धूम्रपान के खतरों पर लोगों का ध्यान केंद्रित करने के लिए जो शीर्षक चुना गया, वह था—'धूम्रपान या स्वास्थ्य, चुनाव आपके हाथ'।

धूम्रपान और हृद्वाहिका-समस्याओं के संबंध पर विचार करने के पूर्व मैं कुछ शब्दों में संपूर्ण मानवीय तंत्रों पर धूम्रपान के हानिकारक प्रभावों का सामान्य रूप से उल्लेख करना चाहूँगा। धूम्रपान करनेवालों का स्वास्थ्य अन्य लोगों की तुलना में बहुत अधिक दुर्बल होता है। वे अपने कार्यालय या कार्यस्थल से प्रायः अनुपस्थित रहते हैं। उनके अनेक दिन अस्पताल में बीतते हैं। उनमें पुराने श्वसनी-शोथ (ब्रोंकाइटिस), फेफड़े के कैंसर, दिल के दौरे, लकवा और रक्तवाहिका रोगों का अधिक प्रभाव होता है। धूम्रपान करनेवाले लोगों में होंठ, जीभ, मुँह, स्वर-यंत्र, ग्रसनी, ग्रासनली और मूत्राशय के कैंसर भी अधिक सामान्य

हैं। तंबाकूजनित रोगों के कारण प्रतिवर्ष 25 लाख लोगों का देहांत होता है। दूसरे शब्दों में, धूम्रपान के कारण प्रत्येक 13 सेकंड पर एक व्यक्ति की मृत्यु होती है।

अब मैं 'धूम्रपान और हृदयरोग' के विशिष्ट विषय पर आता हूँ। अनेक अन्वेषणों द्वारा विश्वस्त रूप से सत्यापित किया जा चुका है कि दिल के दौरे के प्रभाव-क्षेत्र में वृद्धि करनेवाले खतरे के तीन प्रमुख कारकों में धूम्रपान भी एक है। अन्य दो हैं : उच्च रक्तचाप और उच्च रक्त-कोलेस्टेरॉल।

दिल का दौरा उत्पन्न करनेवाले खतरे के इन तीन कारकों में एक ऐसा है, जिसे किसी औषधि के सेवन या कुछ पैसा खर्च किए बिना ही नियंत्रित किया जा सकता है और वह है—धूम्रपान की आदत। जैसे-जैसे प्रतिदिन उपयोग में लाई गई सिगरेटों की संख्या बढ़ती है, खतरा भी बढ़ता जाता है। 50 वर्ष से कम उम्र की धूम्रपान करनेवाली महिलाओं को स्पष्टत: दिल का दौरा अधिक आता है। यह और अधिक बढ़ जाता है, यदि वे गर्भनिरोधक दवाइयों का भी सेवन कर रही हैं। धूम्रपान रक्त-थक्काकरण की प्रक्रिया को तेज करता है। इससे विभिन्न अंगों की रक्त-आपूर्ति में कमी आ जाती है और कुछ बीमारियाँ उत्पन्न हो जाती हैं। दिल के दौरे से अन्य लोगों की अपेक्षा धूम्रपान करनेवालों में आकस्मिक मृत्यु अधिक सामान्य बात है। धूम्रपान बंद कर देने पर दिल के दौरे का खतरा बहुत हद तक घट जाता है और कुछ वर्षों के बाद पूर्व में धूम्रपान करनेवाले और अन्य लोगों के बीच दिल के दौरे के प्रभाव-क्षेत्र के संदर्भ में कोई अंतर नहीं रह जाता है।

दिल के दौरे के कुछ ऐसे पहलू हैं, जिन पर हमारा कोई नियंत्रण नहीं है। अत: इस संबंध में हम बहुत कुछ नहीं कर सकते हैं, लेकिन अन्य ऐसे कारक हैं, जिन्हें यदि नियंत्रित किया जाए तो हृदयाघात के प्रभाव-क्षेत्र को घटाया जा सकता हूए। धूम्रपान की आदत ऐसे कारकों में एक है। सिगरेट के पैकेटों पर वैधानिक चेतावनी अंकित रहती है—सिगरेट पीना स्वास्थ्य के लिए हानिकारक है, पर इससे सिगरेट के सेवन की दर में कमी नहीं आई है। धूम्रपान करनेवाले लोग अपने बच्चों के लिए गलत उदाहरण पेश करते हैं। वे दूसरों को लाचार करते हैं कि वे अपनी इच्छा के विरुद्ध श्वास द्वारा निकोटीन ग्रहण करें। वे कार्यालयों तथा कारखानों में कार्य-दिवसों के नुकसान का कारण बनते

हैं और स्वयं के लिए हृदय रोग तथा अन्य बीमारियों की संभावनाएँ बढ़ाते हैं।

धूम्रपान के हानिकारक प्रभावों को जानकर अपनी सहायता हेतु हम सरकारी नियमों की प्रतीक्षा न करें। हमें व्यक्ति के रूप में अपने स्वास्थ्य, अपने बच्चों के भविष्य तथा राष्ट्र की स्थिति के बारे में विचार करते हुए धूम्रपान की इस विनाशकारी आदत को पूरी शक्ति से हतोत्साहित करना चाहिए। विगत दो दशाब्दियों में कनाडा में 55 लाख, इंग्लैंड में एक करोड़ तथा संयुक्त राज्य अमेरिका में चार करोड़ लोगों ने धूम्रपान का त्याग किया है। इस अवधि में इन देशों में हृदयाघात प्रभाव-क्षेत्र में 30 प्रतिशत की कमी आई है। इन देशों में अन्य स्वास्थ्यकर उपायों, यथा—नियमित शारीरिक व्यायाम तथा रक्त कोलेस्टेरॉल के स्तर को नियंत्रित करने के लिए खान-पान की आदतों में परिवर्तन के साथ-साथ धूम्रपान का त्याग तथा धूम्रपान न करना दिल के दौरे में कमी आने का एक प्रमुख कारक है। ऐसा प्रतीत होता है, जब विकसित देशों में धूम्रपान की आदत में कमी आ रही है, दुर्भाग्यवश अनेक विकासशील देशों में तंबाकू सेवन की महामारी में वृद्धि हो रही है। धूम्रपान की आदत में वृद्धि की इस हानिकारक प्रवृत्ति के कारण फुफ्फुस और हृदय की समस्याओं से होनेवाली बीमारियों और मृत्यु में वृद्धि के परिणामस्वरूप विकासशील देशों के सीमित साधनों पर एक बड़ा बोझ बढ़ जाएगा।

हृदय के लिए अधिकाधिक 'सघन देखभाल इकाइयों' और हृद्‌उपमार्ग शल्यक्रिया के लिए अधिक-से-अधिक चिकित्सालयों का खुलना अति उत्तम है, किंतु अत्यावश्यक रूप से यह जरूरी है कि आम लोगों के लिए एक सार्वजनिक अभियान चलाया जाए और उन्हें खान-पान की सही आदतों के अभ्यास तथा धूम्रपान से परहेज के लाभ के बारे में बताया जाए तकि वे इन 'सघन देखभाल इकाइयों' और उपमार्ग शल्यक्रिया की आवश्यकता से बच सकें।

''हमने उन कार्यों को असंपादित छोड़ दिया है, जिन्हें हमें करना चाहिए था और हमने उन कार्यों को संपादित किया है, जिन्हें हमें नहीं करना चाहिए था; अब हम स्वस्थ नहीं हैं।''

—प्रार्थना-पुस्तक

□

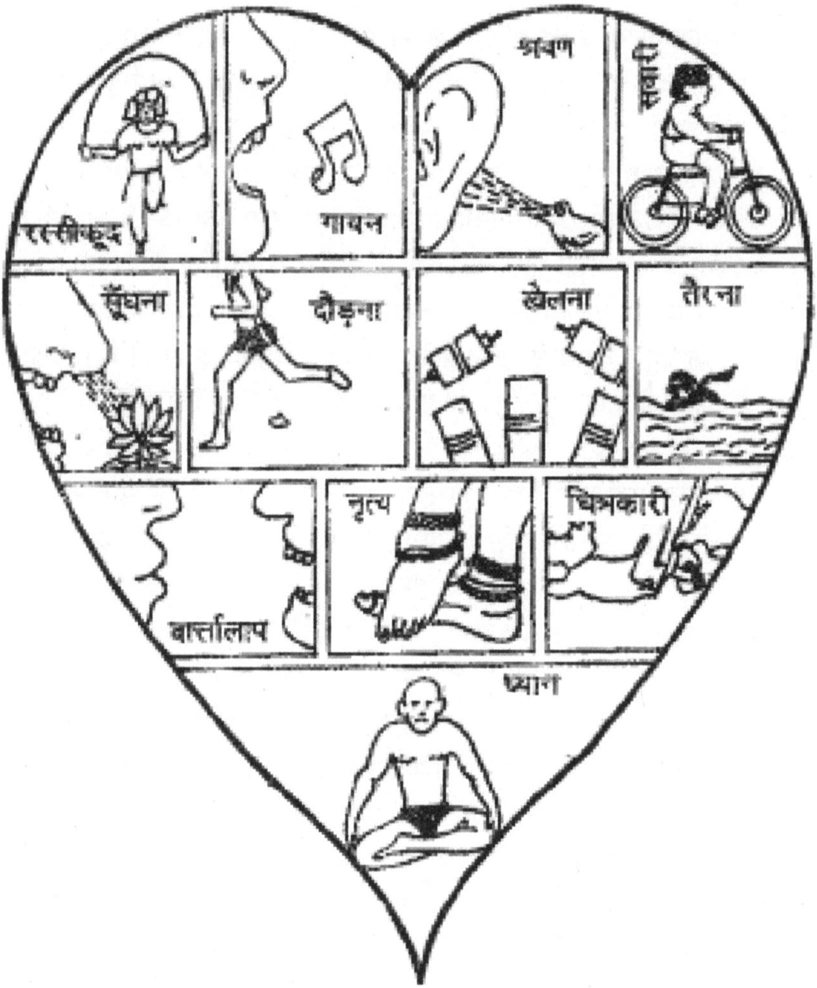
रस्सीकूद
गायन
श्रवण
सवारी
सूँघना
दौड़ना
खेलना
तैरना
वार्त्तालाप
नृत्य
चित्रकारी
ध्यान

12

गर्भावस्था और हृदय

''कुछ हृदय एक बार दिव्याग्नि से परिपूर्ण होते हैं।''

—थॉमस ग्रे

यदि गर्भावस्था की देखभाल के साथ-साथ हृदय की कोई समस्या जुड़ी हुई हो तो यहाँ दो प्राणियों का ध्यान रखना होगा—माँ और भ्रूण। हृदय पर गर्भावस्था का भार पड़ता है। अगर हृदय रुग्ण है और समय पर पर्याप्त उपाय नहीं किए जाते हैं तो गर्भावस्था का अतिरिक्त भार माँ के लिए हानिकारक सिद्ध हो सकता है। संप्रति अधिक प्रभावी औषधियाँ और शल्य विधियाँ उपलब्ध हैं। अतः हृदय की समस्याओं से युक्त अनेक रोगी सफलतापूर्वक गर्भधारण कर सकती हैं और उनका प्रसव भी सामान्य हो सकता है। यदि यह पता चले कि किसी विवाह- योग्य उम्र की लड़की को हृदय रोग है तो उसे किसी हृदय रोग विशेषज्ञ को अवश्य दिखाना चाहिए और उनकी सलाह लेनी चाहिए। कभी-कभी हृदय रोग के लक्षण सिर्फ प्रथम गर्भावस्था में ही प्रकट होते हैं और वे खतरनाक साबित हो सकते हैं, किंतु यदि विवाह के पूर्व ही हृदय रोग का समुचित उपचार कर लिया गया है तो गर्भावस्था या प्रसव के समय कोई समस्या नहीं हो सकती।

यहाँ यह बताना आवश्यक है कि कुछ हृदय रोगों के शल्य उपचार

के बाद कोई महिला सामान्य जीवन बिता सकती है। इसमें गर्भधारण और सफल प्रसव भी शामिल हैं। मैं यहाँ इस बात पर बल देना चाहता हूँ कि यदि हृदय रोग विशेषज्ञ विवाह के पूर्व किसी लड़की के हृदय की शल्यक्रिया की सलाह देते हैं तो ऐसी सलाह को स्वीकार करना चाहिए, ताकि ठीक होने योग्य संभावित हृदय दोष में गर्भ रहने से उत्पन्न गंभीर जटिलताओं से बचा जा सके। यदि कोई हृदय-रोगी गर्भधारण करती है तो चिकित्सकीय आधार पर यह निर्णय करना हृदय रोग विशेषज्ञ का कार्य है कि गर्भ को रहने दिया जाए या गर्भपात करा दिया जाए।

हृदय की समस्या से युक्त किसी गर्भवती महिला को गले में खराश होने, दाँत निकलवाने या मामूली शल्यक्रिया होने पर सही एंटी-बायोटिक औषधि लेनी चाहिए। इससे रुग्ण हृदय की किसी अन्य नुकसान से रक्षा होती है। हृदय रोग वाली गर्भवती महिला को समय से बहुत पहले ही चिकित्सालय में भर्ती कर देना चाहिए। यह माँ और बच्चे दोनों की सुरक्षा की दृष्टि से उचित है। गर्भावस्था में औषधियों का उपयोग सामान्यतः कम-से-कम होना चाहिए, क्योंकि कुछ औषधियाँ भ्रूण के लिए हानिकारक हो सकती हैं। माँ और बच्चे दोनों की सुरक्षा के लिए आवश्यक है कि सभी औषधियाँ चिकित्सक की कड़ी निगरानी और परामर्श से ली जाएँ। हृदय रोग वाली गर्भवती महिला की सफल देखभाल के लिए यह आवश्यक है कि उसे प्रारंभ में ही हृदय रोग विशेषज्ञ और प्रसूतिविज्ञानी को दिखाना चाहिए। यदि गर्भ को बनाए रखने का निर्णय लिया जाए तो रोगी की नियमित चिकित्सकीय जाँच होती रहनी चाहिए। उसका प्रसव वैसे चिकित्सालय में होना चाहिए, जो हृदय रोग के रोगी की देखभाल के लिए पूर्णतः सुसज्जित हो।

गर्भावस्था और उच्च रक्तचाप एक अन्य सामान्य परिस्थिति है, जिसे सावधानीपूर्वक सँभालने की आवश्यकता है। एक गर्भवती महिला को सबसे पहली बार उच्च रक्तचाप हो सकता है (गर्भावस्था से प्रेरित या सगर्भता संबंधी उच्च रक्तचाप) और एक उच्च रक्तचापयुक्त महिला गर्भवती हो सकती है। यह कहना सही नहीं है कि जिस महिला का रक्तचाप कुछ मात्रा में ऊँचा है,

उसे गर्भ नहीं धारण करना चाहिए। उच्च रक्तचाप का उचित नियंत्रण कर सफल गर्भधारण और प्रसव संभव है। सिर्फ कुछ रोगियों में ही उच्च रक्तचाप और गर्भावस्था के परिणामस्वरूप गर्भावस्थाजनित विषरक्तता (toxemia) गर्भाक्षेपक (clampsia) नामक गंभीर स्थिति उत्पन्न होती है। इस परिस्थिति में रक्तचाप के नियंत्रण की 'आक्रामक चिकित्सा' की आवश्यकता होती है। इसमें असामयिक प्रसव का संपादन भी शामिल है। यदि औषधीय चिकित्सा से रक्तचाप नियंत्रित नहीं हो पाता है तो कभी-कभी गर्भ को समाप्त करने की आवश्यकता भी हो सकती है, बाद में ऐसे रोगियों में भी सफल गर्भधारण और पूर्णकालिक प्रसव संभव हुआ है। इसके लिए गर्भावस्था के प्रारंभ से ही रक्तचाप की सही मॉनिटरिंग और नियंत्रण आरंभ हो जाना चाहिए।

''नैतिकता के बाद स्वास्थ्य ही प्रथम आवश्यकता है।''

—थॉमस जैफर्सन

□

13

मधुमेह और हृदय

''हृदय के बिना भी आप आनंद लेते हैं, पर आधे अनुग्रह एवं निष्प्राण सौंदर्य का।''

—जॉन ग्रे

हृदयाघात के सही कारणों से हम अवगत नहीं हैं, किंतु हम इतना अवश्य जानते हैं कि यदि किसी व्यक्ति में कुछ ऐसे लक्षण हैं, जिन्हें हम 'खतरे का कारक' कहते हैं, तब इन लक्षणों से मुक्त लोगों की अपेक्षा उसे हृदयाघात या लकवा होने की बहुत अधिक संभावना है।

खतरे के इन कारकों में मधुमेह (डायबिटीज-मेलिटस) एक प्रमुख कारक है। अन्य कारक हैं—

(क) उच्च रक्तचाप, (ख) मोटापा, (ग) धूम्रपान, (घ) उच्च रक्त-वसाकण जैसे कोलेस्टेरॉल आदि और (ङ) मानसिक तनाव।

अत्यधिक भूख-प्यास लगना, बार-बार मूत्रत्याग करना और वजन में स्पष्ट कमी (विशेषकर नौजवान रोगियों में) या वृद्धि (जैसा कि प्राय: वयस्कों में होता है) होना मधुमेह की उपस्थिति के लक्षण हैं। घावों का नहीं भरना मधुमेह-मेलिटस का एक अन्य लक्षण है।

मधुमेह का दुष्प्रभाव हृदय, मस्तिष्क, नेत्र, गुर्दे तथा अंगों की धमनियों

पर हानिकारक रूप में प्रकट होता है। मधुमेह के रोगियों का रक्तचाप भी बार-बार ऊँचा होता है।

मधुमेह के कारण मस्तिष्क, हृदय, नेत्र और गुर्दे इत्यादि शरीर के अनेक महत्त्वपूर्ण अंगों को पोषक तत्त्वों की आपूर्ति करनेवाली रक्तवाहिकाओं की आंतरिक परतों पर कोलेस्टेरॉल एवं अन्य रक्त-वसाकण एकत्रित हो जाते हैं। इसके परिणामस्वरूप लकवा, दिल का दौरा, हृदय-पात, दृष्टिशक्ति में कमी या पूर्ण अंधापन, वृक्क-पात तथा अंगों में दर्द हो सकता है। हृद्वाहिका रोग (दिल का दौरा) और वृक्क-पात (kidney failure) पुराने मधुमेह के रोगियों की मृत्यु के दो प्रमुख कारण हैं।

यदि एक बार इन अंगों को क्षति पहुँच जाती है तो उपचार कठिन हो जाता है। हृदय एवं विभिन्न महत्त्वपूर्ण अंगों की रक्तवाहिकाओं को गंभीर क्षति से बचाने का एक उपाय है कि प्रारंभिक अवस्था में ही मधुमेह का पता लगा लिया जाए और लंबी अवधि तक इसका पर्याप्त उपचार किया जाए। इसमें आहार-नियंत्रण, नियमित शारीरिक व्यायाम, योगाभ्यास और मधुमेह-अवरोधी औषधियों को शामिल करना होगा। इस संबंध में निम्नलिखित उपाय करने की सलाह दी जाती है—

(1) जिन लोगों में मधुमेह का पारिवारिक इतिहास रहा है, उन्हें अपनी रक्त-शर्करा की समय-समय पर जाँच करानी चाहिए। उन्हें मोटा नहीं होना चाहिए तथा नियमित रूप से शारीरिक व्यायाम करना चाहिए।

(2) यदि किसी व्यक्ति को अपने वजन में अचानक वृद्धि या कमी का अनुभव हो, अत्यधिक भूख-प्यास लगे, बार-बार मूत्रत्याग की इच्छा हो और कटा हुआ स्थान या घाव समय पर न भरे तो उसे अपनी मधुमेह संबंधी जाँच करानी चाहिए।

(3) यदि प्रारंभिक अवस्थाओं में निदान हो जाए तो मधुमेह का प्रभावी उपचार हो सकता है, प्राय: केवल गैर-औषधीय विधियों से ही। यदि औषधियों की आवश्यकता होगी भी तो उसकी मात्रा भी विलंब से उपचार करानेवालों की तुलना में बहुत कम होगी। यथासमय मधुमेह की पहचान

और उसका समुचित उपचार करने से अनेक गंभीर हृद्वाहिका रोगों का निरोध हो जाएगा।

इतना ही नहीं, हृदयाघात और उच्च रक्तचाप की समस्याएँ प्रायः मधुमेह के रोगियों में उत्पन्न होती हैं, वरन् मधुमेह के रोगी को दिल का दौरा प्रायः बिना दर्द के आता है। मधुमेह के रोगियों को बिना दर्द के दिल के दौरे आना उन स्नायुओं की रुग्णता के कारण संभव होता है, जो दर्द की संवेदना के संवाहक होते हैं। इसका कारण वह असंतुलन है, जो मधुमेह के रोगियों के स्वचालित तंत्रिका तंत्र की जटिलता के परिणामस्वरूप उत्पन्न होता है। इससे वे अपने रक्तचाप में स्थितिज गिरावट का भी अनुभव करते हैं। यह गिरावट सीधा खड़ा होने पर आती है, जो कुछ क्षणों से लेकर लंबी अवधि तक रह सकती है। इन्हीं कारणों से उच्च रक्तचाप वाले मधुमेह के रोगियों (और यह संयोग असामान्य नहीं है) की रक्तचाप घटानेवाली औषधियों की बहुत सावधानीपूर्वक मॉनिटरिंग करने की आवश्यकता है, क्योंकि इनमें से कुछ औषधियाँ स्वयं स्थितिज निम्न रक्तचाप का कारण होती हैं।

रक्तचाप में आकस्मिक गिरावट के परिणामस्वरूप मस्तिष्क एवं हृदय को गंभीर क्षति पहुँच सकती है। उच्च रक्तचाप का उपचार महत्त्वपूर्ण है, साथ ही यह भी समान रूप से महत्त्वपूर्ण है कि रक्तचाप में अत्यधिक आकस्मिक गिरावट से बचा जाए, क्योंकि इससे हृदय, मस्तिष्क और वृक्क जैसे महत्त्वपूर्ण अंगों को क्षति पहुँच सकती है। यह बात मधुमेह के रोगियों के संबंध में विशेष अर्थ रखती है, क्योंकि रक्तवाहिकाएँ कमजोर होती हैं।

"स्वास्थ्य का स्वरूप अपने ढंग में अनंत और असीम है और (स्वयं को) विश्व की पूर्णता से आपूरित होने का प्रयास करता है; जबकि रोग का रूप सीमित एवं लघुकारक है और विश्व को अपने समान लघु बना देने का प्रयास करता है।"

—ऑलिवर सैक्स

□

14

हार्दिक संवाद

"प्रसन्नता का स्रोत समृद्धि के स्तर में नहीं, बल्कि हृदय से हृदय के बंधुत्व में है तथा संसार के प्रति हमारी दृष्टि में है! दोनों ही मनोवृत्तियाँ हमारी शक्ति की सीमा में हैं, अतः मनुष्य तब तक प्रसन्न रहता है, जब तक वह प्रसन्न रहना चाहता है और इसमें उसे कोई रोक नहीं सकता।"

—अलेक्जेंडर सोल्जेनित्सिन

परंपरागत रूप से व्यवहृत मुहावरे 'हार्दिक संवाद' का तात्पर्य सामान्यतः निकटता, विश्वास, निष्कपटता, आत्मीयता और सहृदयता की अभिव्यक्ति से है। घर तथा कार्यालयों में मतभेदों तथा गलतफहमियों को स्पष्ट करने और विवादों को हल करने के संदर्भ में प्रायः इन शब्दों का सहारा लिया जाता है। हम चिकित्सा विज्ञान में इसकी प्रासंगिकता पर विचार करेंगे—विशेषकर हृदय की समस्या से युक्त रोगियों की देखभाल करने और हृदय रोग के निरोध के लिए। इसीलिए इस विवेचना का शीर्षक 'हार्दिक संवाद' दिया गया है। इस अवधारणा का उद्देश्य चिकित्सक और रोगी, परिवार के सदस्यों, पति-पत्नी और कार्यालय के सहकर्मियों के बीच संप्रेषण अंतराल को दूर करना है। आपको आश्चर्य हो सकता है कि क्या आज की द्रुतगति और कृत्रिमता, उन्नत प्रौद्योगिकी और सुपर कंप्यूटर के जेट-युग में

भी इस प्रकार के उपागम की कोई आवश्यकता हो सकती है ? एक-दूसरे की समस्याओं को समझने में पर्याप्त समय लगता है, इसकी व्याख्या नहीं की जा सकती है, अतएव इसे उपलब्धि या परिणाम के अंकों में प्रकट नहीं किया जा सकता है—जिस रूप में बहुत से लोग देखना चाहेंगे, तथापि मैं अनुभव करता हूँ कि यह उपागम आवश्यक है।

'हार्दिक संवाद' की अवधारणा का मूलाधार समस्याओं की गहराई या जड़ तक पहुँचने में है। इससे समस्याओं को ठीक से समझने में सहायता मिलेगी और यदि एक बार 'रोग' का सही 'निदान' हो जाए, चाहे वह समस्या परिवार, कारखाना, कार्यालय या शारीरिक अवयव-तंत्रों में हो, तो तदनुसार 'उपचार' किया जाएगा। यदि रोग का विवेक या निदान गलत है तो उपचार भी सही नहीं हो सकता है।

एक चिकित्सक का कार्य सिर्फ रोगियों का उपचार करना ही नहीं है, वरन् स्वस्थ लोगों को शारीरिक एवं मानसिक रोगों से दूर रखना भी है। विगत 25 वर्षों में विशेषज्ञता और पराविशेषज्ञता में तेजी से वृद्धि होने के कारण प्राय: ऐसा अनुभव किया गया है कि हम मानव शरीर को एक इकाई के रूप में भूलते जा रहे हैं। आज हमारे बीच तंत्रिकाविज्ञानी, हृदय रोग 'विशेषज्ञ, जठरांत्र रोग विज्ञानी, यकृत् रोग विज्ञानी, अंत:स्राव विज्ञानी, वृक्क विज्ञानी, रूमेटिज्म विज्ञानी, फुप्फुस विज्ञानी तथा अन्य अनेक विशेषज्ञ हैं, किंतु ऐसे चिकित्सकों की संख्या अधिक नहीं है, जो समग्रतापूर्ण विवेक और उपागम अपनाकर 'संपूर्ण व्यक्ति' की देखभाल करेंगे, न कि केवल उसके हृदय या रक्त की। आधुनिक चिकित्सकीय देखभाल पद्धति की इस त्रुटि की समझ के कारण संयुक्त राज्य अमेरिका तथा कुछ अन्य विकसित देशों में एक नई विशेषज्ञता का आगमन हुआ है और वह भी समय से। वह नई विशेषज्ञता है—'पारिवारिक सेवा' (Family practice)। इसका स्वरूप पूर्व के पारिवारिक डॉक्टर जैसा ही है। इस स्तर पर आपके स्वास्थ्य की देखभाल करनेवाला एक ऐसा आदमी है, जिसके साथ आप 'हार्ट की देखभाल' का समीकरण स्थापित कर सकते हैं ताकि वह आपकी समस्याओं को अच्छी तरह समझ सके। समस्या सिर्फ रोगोपचार से जुड़ी हुई नहीं

है, बल्कि समग्र स्वास्थ्य की देखभाल से संबंधित है। यदि उसे आपके संपूर्ण व्यक्तित्व का ज्ञान होगा, केवल हृदय या यकृत का ही नहीं और साथ-ही-साथ आपके वातावरण की भी कुछ जानकारी होगी, तो स्वास्थ्य की देखभाल का कार्य अधिक अच्छी तरह संपन्न होगा। यही कारण है कि ई.पू. छठी शताब्दी के महान् चिकित्साशास्त्री हिप्पोक्रेट्स, जिन्हें चिकित्साविज्ञान का जनक माना जाता है, ने कहा था, ''जो कोई भी चिकित्सा विज्ञान का सही ढंग से अध्ययन करना चाहता है, उसे इस प्रकार आगे बढ़ना चाहिए। सर्वप्रथम पूरे वर्ष की ऋतुओं पर विचार करना चाहिए...जल...भूमि...और लोगों की जीवन-पद्धति एवं उनका व्यवसाय, क्या वे अत्यधिक खाना-पीना पसंद करते हैं और निरुद्यमी जीवन जीते हैं या व्यायाम तथा परिश्रम करना पसंद करते हैं।'' यहाँ यह स्पष्ट है कि हिप्पोक्रेट्स ने इन तत्त्वों के स्वास्थ्यकर एवं चिकित्सात्मक महत्त्व को समझ लिया था और इस प्रकार संपूर्ण स्वास्थ्य की देखभाल तथा रोग के निरोध के लिए आवश्यक उपचारात्मक विधियों की वकालत की। लगभग दो हजार वर्ष बाद (15वीं शताब्दी) गुरु नानक देव ने मानव-कल्याण के संदर्भ में जल, वायु और भूमि के महत्त्व का उल्लेख इस प्रकार किया—

पवन गुरु, पानी पिता, माता धरत मुहत।
दिविस रात दोइ दै दिया, खेले सकल जगत्॥

यह वायु, जल और भूमि की दिन-रात हो रही सुव्यवस्थित अन्योन्यक्रिया का परिणाम है कि ब्रह्मांड का संपूर्ण खेल चल रहा है। हमारा प्राचीन आयुर्वेद विज्ञान व्यक्तिगत स्तर पर आचार, विचार, व्यवहार और आहार पर बल देता है। वह इन्हें मानव-शरीर के स्वास्थ्य का मूलभूत संघटक मानता है।

अब हम हृदय की समस्याओं का उदाहरण लें, विशेषकर दो सामान्य समस्याओं का, वे हैं—दिल का दौरा (हृद्पेशी व्यतिक्रम, हृद्शूल और हृदय धड़कन में अव्यवस्था) और उच्च रक्तचाप। विकसित देशों में इन दोनों के कारण सर्वाधिक लोगों की मृत्यु होती है। इस प्रसंग में अब भारत भी पीछे नहीं है, विशेषकर इसकी शहरी जनसंख्या। विगत आधी शताब्दी से अपेक्षाकृत कम उम्र के लोग भी इन रोगों से प्रभावित हो रहे हैं। जब हम दिल के दौरे

के प्रभाव क्षेत्र में शनैः-शनैः हो रही वृद्धि पर विचार करते हैं, तो चिकित्सक कुछ निश्चित तत्त्वों को इसके लिए उत्तरदायी मानते हैं। इनमें वे मोटापा, धूम्रपान, उच्च रक्त-कोलेस्टेरॉल और उच्च रक्तचाप को भी शामिल करते हैं। इन्हें सामान्यतः हृदय के लिए खतरे का कारक कहा जाता है, किंतु दिल के दौरे के लगभग एक-तिहाई रोगी इन खतरों के प्रभाव-क्षेत्र से बाहर हो सकते हैं। इसका तात्पर्य यह है कि हम दिल के दौरे के लिए उत्तरदायी अन्य अज्ञात कारकों का पता लगाएँ। जब हम दिल के दौरे के रोगियों की देखभाल की बात करते हैं तो चिकित्सक प्रायः इस प्रकार के निर्देश देते हैं— (1) नियमित रूप से शारीरिक व्यायाम कीजिए, (2) धूम्रपान मत कीजिए, (3) अल्कोहल का सेवन मत कीजिए और (4) चिंता मत कीजिए। चिकित्सक और परिवार के सदस्य सामान्यतः यह नहीं समझते हैं कि निरुद्यमी जीवन, धूम्रपान और शराब का सेवन ऐसी व्याधियाँ हैं, जिनसे व्यक्ति पीड़ा का नहीं, बल्कि आनंद का अनुभव करता है। अतः उसके लिए इनका त्याग करना कठिन है। यहीं पर रोगी की देखभाल से संबंधित 'हार्ट की देखभाल' की अवधारणा प्रासंगिक हो जाती है, जिसमें परिवार के सदस्यों और विशेषकर पति-पत्नी का शामिल होना अनिवार्य है। हृदय के कुछ रोगियों के साथ कभी-कभी जो व्यवहार होता है, उसे मैं निर्दयतापूर्ण मानता हूँ और दुःखद बात तो यह है कि इस निर्दयता में परिवार के सदस्यों के साथ-साथ उपचार करनेवाले कुछ चिकित्सक भी शामिल रहते हैं। रोगी को अपनी जीवन-शैली में पूर्ण परिवर्तन लाने की आज्ञा, जिसमें शराब और धूम्रपान का त्याग भी शामिल है, प्रत्यक्ष रूप से न देकर उसकी मनोवैज्ञानिक पृष्ठभूमि को समझाने तथा मदिरापान और धूम्रपान के कारणों का पता लगाना परम आवश्यक है। तदनुसार परिस्थिति पर सहृदयतापूर्वक विचार करते हुए रोगी को नैतिक और मनोवैज्ञानिक सहायता प्रदान करनी चाहिए।

हृदय की देखभाल में जीवन-साथी की भूमिका

मैं प्रायः अनुभव करता हूँ कि जीवन-साथी की भूमिका हृदय की

देखभाल का एक बहुत महत्त्वपूर्ण पक्ष है। यह बात दिल के दौरे के उपचार तथा निरोध, दोनों के लिए प्रासंगिक है। यहाँ पत्नी की भूमिका अधिक महत्त्वपूर्ण होती है, क्योंकि दिल का दौरा अधिकतर पुरुषों को आता है। यह एक विरोधाभास प्रतीत हो सकता है, क्योंकि पुरुषों को अधिक सबल माना जाता है।

दिल के दौरे के कारक—धूम्रपान, उच्च रक्तचाप, मानसिक तनाव और उच्च रक्तकोलेस्टेरॉल (हृदय के लिए खतरे के कारक) अब घरेलू बोलचाल की भाषा बन गए हैं। और इस बात पर कोई विवाद नहीं है कि इन्हें पर्याप्त रूप से नियंत्रित करना चाहिए। अपने लिए व्यक्ति की एक आचार संहिता होनी चाहिए और अपनी पत्नी को ऐसा कोई अवसर नहीं देना चाहिए कि उसे कहना पड़े कि आप धूम्रपान न करें या अधिक शराब न पिएँ।

धूम्रपान

यदि बार-बार यह कहना पड़े कि धूम्रपान न करें, यह न करें, वह न करें तो इसका स्पष्ट अर्थ यह होता है कि यह तरीका सफल नहीं हो रहा है, साथ ही यह दोनों तरफ अधिक तनाव और रोगी के लिए संभवतः अधिक समस्याएँ उत्पन्न कर सकता है। समस्याओं का समाधान तथा वस्तुस्थिति को ठीक करने के लिए यहाँ 'हृदय की देखभाल' का अच्छा अवसर है। यह मानते हैं कि जीवन-साथी सबसे बड़ा शुभचिंतक होता है, लेकिन कभी-कभी अतिसुरक्षा और अनुचित प्रतिरोध प्रति-उत्पादक सिद्ध हो सकता है, पर यदि रोगी से गहरी संवेदना और स्नेहपूर्वक आग्रह किया जाता है तो वह प्रायः धूम्रपान त्याग देता है।

अल्कोहल

अल्कोहल का सेवन एक अन्य सामान्य परिस्थिति है, जिस पर उपचार करनेवाले चिकित्सक से विचार-विमर्श किए बिना ही पत्नी रोक लगा देती है। कुछ जानपदिक वैज्ञानिक अध्ययनों से सिद्ध हुआ है कि दो से तीन

औंस व्हिस्की या इसके समतुल्य शराब ब्रांडी या बियर से दिल के दौरे के प्रभाव-क्षेत्र में वृद्धि नहीं होती है, बल्कि इसमें कुछ कमी ही आ सकती है, तथापि दिल के दौरे के प्रभाव-क्षेत्र को कम करने हेतु अल्कोहल लेने की सलाह देने के लिए पर्याप्त आँकड़े उपलब्ध नहीं हैं, किंतु यह सिद्ध करने के लिए पर्याप्त आँकड़े उपलब्ध हैं कि अल्कोहल के अतिसेवन (प्रतिदिन 3-4 औंस से अधिक) से रक्तचाप रक्त-लाइपिड्स में वृद्धि होती है और इसके परिणामस्वरूप दिल के दौरे की संभावना बढ़ जाती है। इसके अतिरिक्त, अल्कोहल के सेवन की पुरानी आदत के सामाजिक, आर्थिक और संज्ञानात्मक पहलुओं पर हानिकारक प्रभावों से हम सभी पूर्ण परिचित हैं।

भावनाएँ

सकारात्मक भावनाएँ—प्यार करना और प्यार पाना, स्नेह, हँसी, निष्काम दान और क्षमा, सामान्यतः शरीर के लिए और विशेषकर हृदय के लिए लाभदायक होती हैं। नकारात्मक भावनाएँ—क्रोध, चिंता, तनाव और अपराध-बोध—हृदय की गति और रक्तचाप को बढ़ाती हैं और इस प्रकार हृदय के लिए हानिकारक होती हैं। यदि बार-बार ऐसा होता है तो हृदय एवं अन्य संवाहिका तंत्रों को गंभीर क्षति पहुँच सकती है। अब तक हृदय की समस्याओं से जुड़े हुए अनेक सकारात्मक और नकारात्मक कारकों की उत्पत्ति के महत्त्वपूर्ण आधार से हम परिचित हो चुके हैं। इस जानकारी के आधार पर हम कह सकते हैं कि पूर्ण दांपत्य संबंध मानव हृदय के लिए एक बहुत महत्त्वपूर्ण रक्षात्मक कारक हो सकता है। एक-दूसरे की इच्छा-आकांक्षा और आवश्यकताओं की गहरी समझ, थोड़ा त्याग करते हुए इनकी पूर्ति में एक-दूसरे की सहायता करना, और कभी-कभी दोनों ही पक्ष से क्षमा की अपेक्षा रखना, ये ऐसी बातें हैं, जिनसे दिल के दौरों के निरोध में बहुत हद तक सहायता मिलेगी। समय-समय पर एक साथ बाहर जाकर छुट्टियाँ मनाने से दांपत्य समझदारी को संभवतः अधिक उत्तम बनाने में सहायता मिलेगी।

दिल के दौरे का निरोध

दिल के दौरे के खतरे के प्रत्यक्ष कारकों को हम जानते हैं। इनमें मुख्यत: उच्च रक्तचाप, उच्च रक्त कोलेस्टेरॉल, धूम्रपान और तनावपूर्ण वातावरण शामिल हैं। इनकी उत्पत्ति के कई कारण हो सकते हैं, जिनमें खान-पान की दोषपूर्ण आदतें भी शामिल हैं, साथ ही इन खतरनाक कारकों की उत्पत्ति तनावपूर्ण पारिवारिक वातावरण, विशेषकर असामंजस्यपूर्ण दांपत्य संबंध के कारण हो सकती है। इस प्रकार दिल के दौरे का प्रारंभिक निरोध इसी स्तर पर शुरू होना चाहिए। एक माँ, सास, बहन, भाभी, साली, पत्नी, मित्र या सचिव के रूप में औरत को मानव व्यवहार की जटिलताओं को समझने, उसे सकारात्मक दिशा में परिवर्तित करने और इस प्रकार दिल के दौरे के निरोध में सहायक होने का प्रयास करना चाहिए। प्रकृति इस अर्थ में पुरुषों के प्रति निर्दय है कि उसने उसे कमजोर दिल दिया है; कम-से-कम औरतों को इसे अधिक सावधानीपूर्वक सँभालना चाहिए ताकि यह टूट न जाए।

''उपचारात्मक बंधुत्व; हम एक-दूसरे के चिकित्सक हैं।''

—ओलिवर सैक्स

□

15

चिकित्सा—एक अन्य आयाम : शब्दों की उपचारात्मिका शक्ति

''हे लब्धप्रतिष्ठ चिकित्सक! ईश्वर का आभार मानो कि तुम्हें दो शक्तियाँ दी हैं : प्रथम, शारीरिक चिकित्सा की और द्वितीय, आध्यात्मिक चिकित्सा की। मनुष्य की आत्मा से संबंधित बातों का उसकी शारीरिक अवस्था पर गहरा प्रभाव पड़ता है। उदाहरण के लिए तुम अपने रोगी को प्रसन्नता प्रदान करते हो, आराम और आनंद देते हो तथा उसे भाव-समाधि एवं परमानंद तक पहुँचाते हो। कितनी बार ऐसा हुआ है कि इससे उसको शीघ्र स्वास्थ्यलाभ हुआ है। अतः तुम रोगी का उपचार इन दोनों शक्तियों से करो। आध्यात्मिक भावनाओं का तंत्रिका रोगों के उपचार पर आश्चर्यजनक प्रभाव पड़ता है।''

—बहाई सिद्धांत

कंप्यूटर, सुपर कंप्यूटर और जटिल प्रौद्योगिकी के इस युग में आधुनिक चिकित्सा विज्ञान के पेशे में लगे हुए एक चिकित्सक द्वारा 'शब्दों की उपचारात्मक शक्ति' जैसे अमूर्त विषय की विवेचना देखकर बहुत से लोग निश्चय ही अति आश्चर्यचकित होंगे। आप संभवतः किसी पादरी पुरोहित या योगी से ऐसे विषय पर बोलने की अपेक्षा रखते होंगे। यहाँ विज्ञान की

अपेक्षा धर्मोपदेश अधिक ठीक लगता है, किंतु जैसा कि हम देखेंगे, बात ऐसी है नहीं। मेरे द्वारा ऐसे विषय के चयन के कारण की उत्पत्ति मेरे 25 वर्षों से अधिक के ऐसे अनुभव से हुई है, जो मैंने रोगियों के संपर्क में प्राप्त किया है। मुझे विश्वास है कि सामान्यत: अनेक रोगों और विशेषकर हृदयवाहिका समस्याओं के कारण और निदान में मानव व्यवहार की निश्चित भूमिका होती है। विज्ञान ने निस्संदेह प्रकृति के अनेक रहस्यों का उद्‌घाटन किया है तथा अनेक रोगों के कारण को समझने एवं उनका समुचित उपचार करने में हमारी सहायता की है, तथापि यह अभी तक उन समस्त प्रश्नों का उत्तर देने में सक्षम नहीं हो सका है, जो रोगग्रस्त लोग अपने विभिन्न रोगों के संबंध में अपने चिकित्सकों से पूछते हैं। विज्ञान हमें बताता है कि जीवाणु और विषाणु किस प्रकार बढ़ते हैं, किंतु वह हमें यह नहीं बता सकता है कि आँसू क्यों बहते हैं।

शब्द की प्रासंगिकता बहुआयामी होती है, चाहे वह धर्मशास्त्रों में प्रयुक्त हुआ हो या हमारे दैनिक व्यवहार में उसका उपयोग हो रहा हो। संप्रति, मैं शब्द के सिर्फ उपचारात्मक महत्त्व की विवेचना करूँगा, कुल मिलाकर उच्चरित शब्द की भूमिका की। यद्यपि यही बात लिखित शब्द के साथ भी लागू हो सकती है, तथापि उच्चारित शब्दों के प्रति होनेवाली प्रतिक्रियाओं का स्वास्थ्य और रोग के संदर्भ में अधिक महत्त्व है। सिर्फ वास्तविक शब्द ही नहीं, बल्कि उसके उच्चारण की विधि, स्वर शक्ति और अभिव्यक्ति की गहराई वे चीजें हैं, जो उस व्यक्ति में, जिसे संबोधित किया जाता है, एक विशेष प्रकार की अनुक्रिया उत्पन्न करती हैं। 'मुझे खेद है', 'धन्यवाद', 'स्वागत है', 'हाँ', 'नहीं, धन्यवाद' जैसे शब्दों को आप अनगिनत बार सुन चुके हैं। आप जानते हैं कि एक ही प्रकार के शब्दों को विभिन्न लोगों से तथा विभिन्न अवसरों पर सुनने से भिन्न-भिन्न अनुभव होते हैं। इतना ही नहीं, उन्हें एक ही व्यक्ति से विभिन्न परिस्थितियों में सुनने से आपके अनुभव अलग-अलग होंगे। मैं मुख्यत: हृदय और वाहिका तंत्र के संदर्भ में शब्दों की भूमिका पर विचार करूँगा, क्योंकि मैंने ऐसे रोगियों से ही हृदय और रक्तचाप की समस्याओं की उत्पत्ति और देखभाल के प्रसंग में शब्दों की संभावित भूमिका के विषय में जानकारी प्राप्त की है।

"डॉक्टर साहब, मैं उस समय तक बिल्कुल ठीक था, जब श्री/श्रीमती अमुक मेरे घर आए और (एक विशेष) चर्चा की और उस समय से मैं धड़कन तथा छाती में दर्द का अनुभव करने लगा।" अपने रोगियों से ऐसी उक्ति सुनना कोई असामान्य बात नहीं है। यह 'श्री अमुक' कोई भी हो सकता है—भाई, साला, बहनोई, बहन, साली, भाभी, मित्र, पति, पत्नी, पुत्र, पुत्री और सास के बारे में जितना कम कहा जाए, अच्छा है। पदार्थ विज्ञान में न्यूटन के तीन नियमों में से एक नियम के अनुसार प्रत्येक क्रिया की समान और विपरीत प्रतिक्रिया होती है। एक उच्चरित शब्द, चाहे उसे फुसफुसाकर, गाकर या चिल्लाकर व्यक्त किया जाए, प्रत्युत्तर भी तदनुसार ही उत्पन्न करेगा। यह प्रत्युत्तर केवल शब्द के अर्थ पर ही नहीं, बल्कि उसके संप्रेषण की विधि पर भी निर्भर करेगा। हृदय के कार्य के नियंत्रण के प्रसंग में मानव-मन की भूमिका बहुत शक्तिशाली होती है। हृदय स्पंदन की दर और संकुचन की शक्ति दोनों ही इससे प्रभावित होती हैं। तंत्रिका तंत्र द्वारा रक्तचाप भी बहुत हद तक नियमित किया जाता है। विज्ञान ने उच्च रक्तचाप, हृत्शूल, दिल के दौरे और धड़कन के उपचार हेतु हमें आश्चर्यजनक औषधियाँ प्रदान की हैं, किंतु वह इस बात की व्याख्या नहीं कर सकता कि किसी व्यक्ति द्वारा एक विशेष शब्द का उच्चारण करने से एक व्यक्ति का रक्तचाप अचानक क्यों बढ़ जाता है, दूसरे की छाती में दर्द क्यों होने लगता है, तीसरे के हृदय की धड़कन अनियमित क्यों हो जाती है तथा किसी अन्य की अचानक मृत्यु क्यों हो जाती है।

छाती के दर्द (हृत्शूल) को बढ़ाने में शब्द की भूमिका के अपने अनुभव से प्रभावित होकर प्रसिद्ध शल्य चिकित्सक सर जॉन हंटर ने एक बार टिप्पणी की थी, "मेरा जीवन उस दुष्ट के हाथ में है, जो मुझे परेशान करने का प्रयास करता है।" और देखिए! एक दिन चिकित्सालय प्रशासकीय मंडल की उत्तेजनापूर्ण बैठक में जॉन हंटर का अचानक देहांत हो गया।

अब तक हमने जो कुछ कहा है, उसका संबंध शब्दों की दुखदायी शक्ति से है। किसी रोग की समुचित चिकित्सा के लिए सर्वप्रथम हमें उसके

कारणों की गहराई में जाकर समझना होगा। एक बार हम जान लें कि शब्द मानव शरीर, विशेषकर हृदय की बहुत अधिक तबाही कर सकते हैं तो हृदय की होनेवाली गंभीर क्षति के निरोध के लिए शब्दों का सतर्कतापूर्वक उपयोग एक उपाय होगा। जैसा कि पहले कहा गया है, प्रत्येक क्रिया की सदैव एक प्रतिक्रिया होती है। अतः एक व्यक्ति द्वारा प्रयुक्त किसी शब्द के बदले में उसे अधिक बुरा शब्द या प्रतिक्रिया मिल सकती है, जो सामान्य स्वास्थ्य के लिए और विशेषकर हृदय के लिए अधिक हानिकारक सिद्ध हो सकती है।

अब हम शब्दों की उपचारात्मक शक्ति पर विचार करें। डॉक्टर 'अ' ने मुझसे बात की और उसके बाद से मेरी आधी बीमारी भाग गई है। 'मेरे पिता, माता, भाई या विभागाध्यक्ष ने धैर्यपूर्वक मेरी बात सुनी और सहानुभूतिपूर्वक मुझसे बातें कीं, उसके बाद से मैं लगभग बिल्कुल ठीक हूँ, श्री 'ब' के साथ कुछ मिनट रहने और बात करने के बाद मेरी सारी चिंता दूर हो गई, तब से मैं बहुत आराम का अनुभव कर रहा हूँ—ये कुछ ऐसे वाक्य हैं, जिन्हें हम अपने दैनिक जीवन में प्रायः सुनते रहते हैं। शब्द मस्तिष्क में अवस्थित विभिन्न तंत्रिका केंद्रों और विभिन्न अंगों के अभिग्राहक केंद्रों पर मन की शक्तिशाली भूमिका के माध्यम से हृद्‌यवाहिका तंत्र (हृदय और रक्तचाप) के कार्य निष्पादनों को प्रभावित करते हैं। यह एक बहुत रोचक बात है, बल्कि विज्ञान के लिए इसकी व्याख्या करना कठिन है कि किसी अप्रिय चीज के विचार मात्र से या अतीत के किसी श्रव्य या दृश्य अनुभव से आपकी नाड़ी की गति और रक्तचाप में अकस्मात् वृद्धि हो जाती है तथा संपूर्ण रात की नींद हराम हो जाती है। जितना ही रोचक है, अब विज्ञान के लिए इसकी व्याख्या करना तो उतना ही कठिन है। दूसरी तरफ, परिवार के एक वरिष्ठ सदस्य, मित्र या प्रेमी, प्रेमिका द्वारा अभिव्यक्त प्रशांतक (Soothing) शब्दों का आश्चर्यजनक शांतिदायक प्रभाव हो सकता है। यह प्रभाव किसी भी उपलब्ध प्रशामक या प्रशांतक से बहुत अधिक अच्छा होता है और अधिकांश औषधियों के अवशिष्ट दुष्प्रभावों या पार्श्व-प्रभावों से रोगी पूर्णतः मुक्त रहता है।

एक रोगी के रोग के लिए उसके चिकित्सक के शब्दों का अर्थ बहुत

महत्त्वपूर्ण होता है। अनेक गौण रोगों के लिए चिकित्सक के आश्वासनदायक शब्द ही प्राय: औषधि हो जाते हैं। यदि चिकित्सक और औषधि का हस्तक्षेप न हो तो ऐसे रोग स्वसीमित ढंग से स्वत: समाप्त हो जाते हैं। कैंसर, हृदयशूल और दिल का दौरा जैसे गंभीर रोगों में भी चिकित्सक के उपशामक शब्दों के परिणामस्वरूप दर्द निवारक औषधियों की आवश्यकता में अत्यधिक कमी आ सकती है। सहानुभूति-सूचक शब्द रोगी में आत्मविश्वास उत्पन्न करते हैं, जीवन में आशावादिता की वृद्धि करते हैं और रोग की अधोगामी गति को रोक या उलट सकते हैं। चिंता, अपराध-बोध, लज्जा, रोष, कष्ट, क्रोध और उत्तेजना उत्पन्न करनेवाले शब्द रोग को बढ़ा सकते हैं। अत: सतर्कतापूर्वक उनसे बचना चाहिए। कुछ शब्दों का मन पर सकारात्मक प्रभाव पड़ता है; उनमें रोगी के लिए अधिक स्वस्थ करनेवाली या पुनर्जीवन प्रदायी शक्ति होती है। यहाँ मैं सुप्रसिद्ध अमेरिकन हृदय रोग विशेषज्ञ डॉ. बर्नार्ड लॉन के चिकित्सा अनुभव पर आधारित चुटकुला उद्धृत करना चाहूँगा। सामान्य अंग्रेजी में 'गैलप' (Gallop) शब्द का अर्थ होता है—शक्ति (एक घोड़े की शक्ति)। चिकित्सा शब्द विज्ञान में गैलप ध्वनि की उपस्थिति का तात्पर्य होता है—बुरी तरह क्षतिग्रस्त हृदय। एक दिन अपने वार्ड का परिदर्शन करते समय डॉ. लॉन एक अति कमजोर रोगी के हृदय की ध्वनि सुनने लगे। उन्होंने अपने साथ की चिकित्सक मंडली से कहा कि उस रोगी के हृदय में गैलप है। मंडली के अन्य सदस्यों ने भी उस ध्वनि को सुना और इस बात से सहमति व्यक्त की कि उस आदमी के हृदय में गैलप था। चिकित्सकों का काफिला दूसरे रोगी की ओर बढ़ गया और इस प्रकार आगे चलता गया। दूसरे दिन परिदर्शन के समय वह गैलप-वाला रोगी अधिक प्रसन्न, आरामदायक और कम श्वासहीनता की स्थिति में पाया गया। कुछ ही दिनों में उसमें तेजी से सुधार हुआ (उपचार करनेवाले चिकित्सकों के लिए एक आशातीत बात थी) और शीघ्र ही वह चिकित्सालय से विमुक्त कर दिया गया। वह बाद में भी सलाह के लिए आता रहा और उसके स्वास्थ्य की प्रगति संतोषजनक बनी रही। एक दिन उसके आने पर डॉ. लॉन ने आश्चर्यचकित होकर उससे पूछा कि हृदय की अति

गंभीर अवस्था से वह अचानक इतना अच्छा कैसे अनुभव करने लगा? तब रोगी ने उनसे कहा कि वह उसी समय से अधिक अच्छा अनुभव करने लगा, जब उसने डॉ. लॉन को अपने सहकर्मियों को यह कहते सुना कि उसके (उस रोगी के) हृदय में गैलप है। (रोगी के लिए इसका तात्पर्य यह हुआ कि उसका हृदय शक्तिशाली है)। इससे स्पष्ट है कि शब्दों में आश्चर्यजनक जीर्णोद्धारक और उपचारक शक्ति की महान् संभावनाएँ अंतर्निहित हैं।

विलियम हार्वे ने आज से 300 वर्ष पूर्व ही स्वास्थ्य और रोग के संदर्भ में मन की भूमिका का उल्लेख किया था। उन्होंने मानवीय संचार-तंत्र तथा हृदय से उसके संबंध का अन्वेषण किया था। उन्होंने कहा था, ''सुख या दु:ख, आशा या भय द्वारा सेवित मन का प्रत्येक गुण एक प्रतिक्रिया का कारण होता है, जिसके प्रभाव का विस्तार हृदय तक होता है।''

इस प्रकार हम देखते हैं कि मनुष्य के स्वास्थ्य पर शब्दों का बहुआयामी प्रभाव पड़ता है। अत: अपने शरीर एवं हृदय को स्वस्थ रखने के लिए उचित आहार-नियंत्रण और पर्याप्त शारीरिक व्यायाम जैसे अन्य निरोधक उपायों के साथ-साथ हम अपनी दैनिक बातचीत में शब्दों का उपयोग अधिक विवेकपूर्ण ढंग से करें। ये शब्द घावों को भरने के लिए आरामदायक मरहम के समान कार्य करेंगे, न कि नमक के समान उन्हें बढ़ानेवाले, चाहे वे शरीर के घाव हों या समाज के।

''हृदय के लिए दो चीजें बुरी होती हैं—सीढ़ियों से ऊपर चढ़ना और लोगों को नीचा दिखाना।''

—बर्नार्ड एम. बारूच

□

16

भूटान का एक अनुभव

''व्याधि और मृत्यु में समस्त रुचि जीवन में रुचि की मात्र एक अन्य अभिव्यक्ति है।''

—थॉमस मैन

मुझे विश्व स्वास्थ्य संगठन के एक सलाहकार के रूप में एक छोटी अवधि के लिए भूटान में नियुक्त किया गया था। मुझे हृदयवाहिका व्यतिक्रम की मात्रा का पता लगाने तथा उसके लिए आवश्यक कार्य-योजना तैयार करने में सहायता प्रदान करने का उत्तरदायित्व सौंपा गया था। अधोलिखित अंश इस अवधि में किए गए मेरे अध्ययन-अन्वेषण का परिणाम है।

भूटान पूर्णतः पहाड़ी देश है। इसकी जनसंख्या लगभग 12 लाख है, जो करीब 46,500 वर्ग किमी. में फैली हुई है। संपूर्ण जनसंख्या समुद्र की सतह से 1,500 से 3,500 मीटर की ऊँचाई पर निवास करती है। संप्रति वहाँ हृद्वाहिका रोगों के लिए जनसामुदायिक सर्वेक्षण से संबंधित आँकड़े उपलब्ध करना कठिन है, जब तक इस प्रकार के जानपदिक रोग वैज्ञानिक आँकड़े उपलब्ध नहीं होते। किसी देश में एक रोग के विस्तार को समझने के लिए अध्ययनकर्ता को वहाँ के अनेक चिकित्सालयों में देखे गए रोग प्रतिमानों को आधार बनाना होगा।

भूटान का स्वास्थ्य सेवा तंत्र अपने तीन रेफरल चिकित्सालयों के माध्यम से दक्षतापूर्वक कार्य कर रहा है। इनमें सबसे बड़ा है थिम्फू जनरल हॉस्पिटल। प्रत्येक जिले में जिला चिकित्सालय, अनेक प्राथमिक स्वास्थ्य केंद्र तथा औषधालय भी हैं। इनके अतिरिक्त कुछ सैनिक अस्पताल भी हैं, जो सैनिकों के साथ-साथ नागरिकों की भी सेवा करते हैं। रेफरल, सैन्य और अनेक जिला चिकित्सालय ई.सी.जी. मशीन, एक्स-रे संयंत्र तथा एक प्रयोगशाला से सुसज्जित हैं। प्रयोगशालाओं में नैत्य (रूटीन) जाँच के साथ-साथ अन्य प्रकार की जाँच भी होती हैं, जैसे—रक्त कोलेस्टेरॉल, शर्करा और विद्युत अपघट्य (इलेक्ट्रोलाइट्स)। कुछ प्रयोगशालाओं में एच.डी एल., ट्राइग्लिसराइड और सीरम एंजाइम (एल.डी.एच., सी.पी.) की जाँच भी होती हैं। इन चिकित्सालयों का संचालन आधुनिक चिकित्सा पद्धति में प्रशिक्षित चिकित्सकों द्वारा किया जाता है। उनमें एक हृदय रोग विशेषज्ञ ऐसे हैं, जिन्हें हृदय रोग विज्ञान में पोस्ट डॉक्टरेट की उपाधि (डॉक्टर इन मेडिसिन) प्राप्त है। प्राय: सभी चिकित्सालयों में आधुनिक के साथ-साथ देशी चिकित्सा पद्धति भी चल रही है। इस देश में निजी चिकित्सालय या उपचर्या-गृह की पद्धति कहीं भी नहीं है। अत: जो रोगग्रस्त होते हैं, वे अपने उपचार के लिए सरकार द्वारा संचालित चिकित्सा केंद्रों में ही जाते हैं। इसके अतिरिक्त लोगों की एक बड़ी संख्या अभी भी सबसे पहले लामा या अन्य आस्था उपचारकों के पास जाती है। भूटान के लोगों को होनेवाली मुख्य बीमारियों में यक्ष्मा, मलेरिया और जठरांत्र व्यतिक्रम जैसे संक्रामक रोग, वक्षीय संक्रमण, खसरा, कुष्ठ और अन्य संक्रामक बीमारियाँ तथा आँख और कान के संक्रामक रोग भी आते हैं। विभिन्न चिकित्सालयों में पंजीकृत रोगियों की सूची से पता चलता है कि उनकी कुल संख्या का लगभग एक प्रतिशत उच्च रक्तचाप-जनित हृदय रोग से ग्रस्त है। जैसा कि ऊपर कहा गया है, रोगों के सही निदान के लिए वहाँ पर्याप्त सुविधाएँ और कार्मिक उपलब्ध हैं। जैसा कि चिकित्सालयों से पता चलता है, भारत का प्रमुख हृदय रोग संधिवातीय है। यह हृद्‌कपाटिकाओं का रोग है, जो बचपन के संधिवातीय ज्वर के कारण होता है। इनके विपरीत

भूटान में जो सर्वसामान्य हृद्‌वाहिका व्यतिक्रम पाया जाता है, उसका कारण उच्च रक्तचाप है।

जिन चिकित्सकों का साक्षात्कार लिया गया, उनके विचारों तथा चिकित्सालयों के सर्वेक्षण के आधार पर यह एक समान निष्कर्ष सामने आया। हृद्‌वाहिका रोग से पीड़ित लोगों की कुल संख्या में 70–90 प्रतिशत उच्च रक्तचाप के मरीज हैं। उसके बाद संधिवातीय हृदय रोग और अन्य मिले-जुले हृदयव्यतिक्रम के रोगियों की एक छोटी संख्या का स्थान आता है। चिकित्सालयों के आँकड़ों तथा सभी चिकित्सकों के सामान्य अनुभव से पता चलता है कि दिल के दौरे के रोगियों से शायद ही कभी उनकी मुलाकात होती है। साक्षात्कार में सम्मिलित चिकित्सकों में से प्रत्येक ने बताया कि हृद्‌पेशी व्यतिक्रम और हृत्शूल के रोगियों की संख्या अंगुलियों पर गिनी जा सकती है। उनमें से प्रत्येक की वर्ष में केवल एक या दो ऐसे रोगियों से मुलाकात होती है और उन्हें स्पष्ट रूप से याद था कि उनमें से कुछ गैर-भूटानी थे, क्योंकि अनेक देशों के लोग सेवा-अनुबंध पर भूटान आते हैं।

भूटान में हृद्‌वाहिका रोगों के अभाव का परिदृश्य मेरे लिए अधिक अभिरुचि का विषय था। अत: मैं अनेकानेक कारणों से इसे विशिष्टता प्रदान करना चाहता हूँ। अनेक विकसित देशों में दिल का दौरा (हृद्‌वाहिका रोग) सर्वाधिक घातक रोग है तथा भारत सहित अन्य विभिन्न देशों में मृत्यु का एक प्रमुख कारण है। अखिल भारतीय आयुर्विज्ञान संस्थान में हमारा अनुभव बताता है कि अधिकांश हृदय रोगी हृद्‌वाहिका रोग से पीड़ित हैं। इतना ही नहीं, उनमें से लगभग एक-तिहाई अपने जीवन के तीसरे और चौथे दशकों में ही हैं। दिल के दौरे का सही कारण अभी भी अज्ञात है, तथापि खतरे के अनेक कारकों को हृद्‌वाहिकाओं (एथिरोस्क्लेरोसिस) के संकीर्णन के लिए उत्तरदायी माना गया है, जिसके परिणास्वरूप हृत्शूल और हृद्‌पेशी व्यतिक्रम उत्पन्न होते हैं। हृदीय संकट के प्रमुख कारक हैं : (1) उच्च रक्तचाप, (2) अतिकोलेस्टेरॉलरक्तता (रक्त-कोलेस्टेरॉल का उच्च स्तर), (3) सिगरेट पीना, (4) निरुद्यमी

जीवन-शैली (शारीरिक व्यायाम का अभाव) और (5) मानसिक तनाव एवं अनावश्यक दबाव में रहना।

उच्च रक्तचाप सहित अन्य अनेक रोगों के उपचार के लिए चिकित्सालय में आनेवाले दो हजार से अधिक रोगियों के सीरम कोलेस्टेरॉल स्तर के विश्लेषण से पता चला कि उनमें से 50 से 75 प्रतिशत का यह स्तर 2.00 मि.ग्रा. से नीचे था और सिर्फ 25 प्रतिशत में 250 मि.ग्रा. प्रति 100 मि.ली. से ऊँचा था।

इस प्रकार भूटान से प्राप्त अनुभव और प्रकाशित अन्वेषणात्मक निष्कर्षों के बीच महत्त्वपूर्ण विरोधाभास है। इन निष्कर्षों के अनुसार, उच्च रक्तचाप दिल के दौरे के खतरे के कारकों में एक प्रमुख स्थान रखता है। प्रकाशित विश्व साहित्य से यह भी पता चलता है कि अनेक अध्ययनों के क्रम में उच्च रक्तचाप के उपचार से दिल के दौरे से होनेवाली मृत्यु में कोई कमी नहीं आई। अत: क्या उच्च रक्तचाप स्वयं में हृदय के लिए संकट का एक महत्त्वपूर्ण कारक है? भूटान से प्राप्त अनुभव, कम-से-कम अभी, इस दृष्टिकोण का समर्थन नहीं करते हैं। ऐसी परिस्थिति में हमें वैसे कारकों की खोज करनी होगी, जो खतरे के कारकों के विपरीत दिल के दौरे से भूटानी लोगों की रक्षा करते हैं।

भूटानी नागरिकों की जीवन-शैली और सामाजिक पहलुओं के अध्ययन के बाद मैं अपने अनुभवों को इस प्रकार प्रस्तुत कर सकता हूँ—

1. आहार : वे यद्यपि मुख्यत: मांसाहारी होते हैं, किंतु एक बार में विविध प्रकार का भोजन नहीं लेते और अधिकांश लोग प्राय: अतिभोजन से परहेज करते हैं। अंडे और सूअर के मांस के प्रचुर उपयोग का सीरम कोलेस्टेरॉल स्तर 250 मि.ग्रा. प्रतिशत से ऊँचा था। भोजन की दुकानों और भोजनालयों में मिठाइयाँ प्राय: दिखाई नहीं पड़तीं।
2. लोगों की एक बड़ी संख्या 'सूजा' नामक एक विशेष प्रकार की चाय का उपयोग करती है, जिसमें नमक और मक्खन डाला जाता है। यह उच्च रक्तचाप के अधिक विस्तार का आंशिक कारण हो

सकता है। इस कथन की और अधिक संपुष्टि के लिए जनसमुदाय पर आधारित विभिन्न वर्गीय अध्ययनों की आवश्यकता है।

3. पर्वतीय क्षेत्र में निवास करने के कारण लोगों को आजीवन आवश्यक रूप से ऊपर की ओर बहुत अधिक चढ़ना पड़ता है। इस प्रकार नियमित रूप से उनका श्रमसाध्य शारीरिक व्यायाम हो जाता है। बच्चे भी प्राय: पैदल ही विद्यालय जाते हैं। वयस्क लोग अपने मनोरंजन के लिए सामान्यत: अपने नगर या किसी निकटस्थ नगर के एकमात्र सिनेमा हॉल तक जाते हैं। वहाँ टेलीविजन प्रसारण नहीं हैं, किंतु कुछ घरों में वीडियो सेट का प्रवेश हो चुका है।
4. अधिकांश भूटानी नागरिकों को धूम्रपान की आदत नहीं है, किंतु ऐसा लगता है कि दुर्भाग्यवश नगरों में यह आदत धीरे-धीरे फैल रही है। पश्चिमी देशों में तीन दशाब्दियों में दिल के दौरे के प्रभाव-क्षेत्र में 20-30 प्रतिशत की कमी आई है। वहाँ पाया गया है कि लाखों ने धूम्रपान का त्याग कर दिया है और अधिकाधिक युवा वयस्क धूम्रपान से परहेज कर रहे हैं। कनाडा में 55 लाख, इंग्लैंड में एक करोड़ और संयुक्त राज्य अमेरिका में 4 करोड़ लोग धूम्रपान का त्याग कर चुके हैं।
5. अधिकांश भूटानी नागरिक अल्कोहल का सेवन करते हैं, किंतु वहाँ अल्कोहल से संबंधित सामाजिक समस्याएँ नगण्य हैं।
6. बड़ी संख्या में इन लोगों के द्वारा नियमित रूप से अल्कोहल के सेवन के बावजूद अपराध की दर बहुत कम है। व्यक्ति हिंसा, यौन-अपराध, छेड़छाड़ और बलात्कार की चर्चा शायद कभी नहीं सुनता। यौनाचार निषिद्ध नहीं है। अनेक स्थानों पर, विशेषकर जहाँ नए भवन बन रहे हैं, आप प्राय: लैंगिक प्रतीक पाएँगे जो शायद दुष्टात्माओं से बचाव के लिए वहाँ रखे जाते हैं। इसका अन्य अर्थ कुछ भी हो, बच्चों की शैक्षणिक दृष्टि से मुझे यह अवश्य ही महत्त्वपूर्ण लगा कि वे यौनाचार को कोई अतिगोपनीय या निषिद्ध विषय नहीं समझते

हैं। मैं अनुभव करता हूँ कि यह अवधारणा वयस्कों के बीच यौन अपराध के पूर्ण अभाव का आंशिक कारण हो सकती है। भगवान् बुद्ध का सहिष्णुता संबंधी उपदेश भी शांत जीवन का एक महत्त्वपूर्ण कारण हो सकता है।

7. भूटानी नागरिकों में सामाजिक सुरक्षा और मानसिक विश्रांति के भाव स्पष्टत: परिलक्षित होते हैं। वहाँ विवाह पर लगभग कुछ भी खर्च नहीं करना पड़ता और तिलक प्रथा भी नहीं है। बहुविवाह असामान्य बात नहीं है तथा तलाक के मुकदमे में कोई खर्च या विलंब नहीं होता है। भूटानियों की दैनिक जीवन-पद्धति में धर्म एक सशक्त बंधन है। आधे से बहुत अधिक भूटानी धर्मभीरु, मृदुभाषी, सहिष्णु, स्वभाव से शांत और मानसिक रूप से सुस्थिर होते हैं। आत्महत्या की दर बहुत कम है। ऐसा लगता है कि आधुनिकीकरण के साथ-साथ परंपरागत मूल्य-संरचना को भी कायम रखा जा रहा है। प्रात:काल टहलनेवाले युवा पुरुष-स्त्रियों में बहुतों को आप पैंट और स्लैक्स पहने हुए पाएँगे तो अन्य बहुत से परंपरागत राष्ट्रीय परिधान बोकू और किरस में मिलेंगे। एक युवक को मैं प्राय: 'जॉगिंग सूट' में तेजी से टहलते हुए पाता था; उसके हाथ में प्रार्थना के लिए प्रयुक्त परंपरागत जपमाला भी रहती थी।

8. इसका जो भी महत्त्व हो, डोमा (पान का पत्ता) का उपयोग भूटानियों की एक अति सामान्य आदत है। भूटानी पान अपने भारतीय प्रतिरूप से भिन्न होता है। यह बहुत छोटे आकार का एक जंगली किस्म का पत्ता होता है। इसमें सिर्फ चूना और ताजी सुपारी डाली जाती है, न कि भारतीय पान के समान सूखी और कड़ी सुपारी। अधिकांश लोग अपने पान में तंबाकू नहीं डालते हैं। यदि पान में औषधीय गुण हैं तो उन्हें जानने के लिए और अधिक शोध की आवश्यकता है। हृदय की रक्षा या उच्च रक्तचाप पर पान के संघटकों के प्रभाव का पता लगाने के लिए इस प्रकार का शोध विशेष रूप से आवश्यक है।

बिना कोई निष्कर्ष निकाले मैंने यहाँ सिर्फ भूटानी जीवन-शैली की कुछ विशेषताओं को संक्षेप में प्रस्तुत किया है। मैं इस बात की भविष्यवाणी नहीं कर सकता कि दस वर्ष या ऐसे ही कुछ समय के बाद की स्थिति क्या होगी, परंतु वर्तमान समय में यह एक तथ्य है कि उच्च रक्तचाप के प्रभाव-क्षेत्र के विस्तृत होने के बावजूद बहुत थोड़े से भूटानी नागरिक दिल के दौरे से पीड़ित हैं। अत: यहाँ उच्च रक्तचाप स्वयं में हृदय के लिए संकट का कारक प्रतीत नहीं होता है। इस परिस्थिति में हमें हृदय के रक्षात्मक कारकों की खोज करनी चाहिए। नियमित श्रमसाध्य शारीरिक व्यायाम, शिथिल जीवन-पद्धति, धूम्रपान की आदत का अभाव और संतुलित मात्रा में अल्कोहल का सेवन कुछ ऐसे उपाय हैं, जो समस्त विश्व में दिल के दौरे के विरुद्ध रक्षात्मक कारक के रूप में ज्ञात हैं, तथापि हृदय के अब तक अज्ञात रक्षात्मक कारकों का ठीक-ठीक पता लगाने के लिए जानपदिक वैज्ञानिक आधार पर विस्तृत सामुदायिक अध्ययनों की आवश्यकता है। भूटान की स्थिति के अवलोकन के आधार पर यह कह सकते हैं कि उच्च रक्तचाप के प्रभाव-क्षेत्र के बहुत विस्तृत होने के बावजूद वहाँ दिल के दौरे में कमी होने के निम्नलिखित आंशिक कारण हो सकते हैं—(1) नियमित शारीरिक व्यायाम, (2) धूम्रपान की आदत का अभाव, (3) विश्रांत मन, परंपरागत मूल्यों में आस्था, शांत स्वभाव, धार्मिक प्रकृति, अधिक सामाजिक सुरक्षा, विवाह और यौन संबंधी समस्याओं की कमी और (4) सीमित माता में अल्कोहल का सेवन। अल्कोहल के बारे में जो अंतिम कथन है, उसकी अनुशंसा सामान्य लोगों के लिए नहीं की जा सकती, क्योंकि उसके साथ सामाजिक, पारिवारिक और चिकित्सात्मक समस्याएँ जुड़ी होती हैं। श्रमसाध्य शारीरिक व्यायाम और अति भोजन से परहेज रक्त कोलेस्टेरॉल को एक सामान्य सीमा में रखने में सहायक होते हैं।

निष्कर्ष : हृदय की रक्षा और दिल के दौरे के निरोध के लिए यदि भूटान के लोग अपनी निम्नलिखित विशेषताओं को बनाए रख सकें तो यह उनका एक उत्तम कार्य होगा—(1) नियमित श्रमसाध्य शारीरिक व्यायाम की अपनी अच्छी आदतें, अति भोजन से परहेज तथा अल्कोहल का सीमित मात्रा

में सेवन, (2) अपने मजबूत धार्मिक रिवाजों-आचारों को कायम रखते हुए मानसिक दृष्टि से शिथिल और स्वस्थ बने रहना और (3) एक धूम्रपान-रहित राष्ट्र बना रहना। दिल के दौरे से जीवन की लंबाई और गुणवत्ता दोनों में कमी आती है। इसके उपचार हेतु प्रयुक्त कुछ औषधियों के पार्श्व-प्रभाव से इसमें और अधिक कमी आती है। दिल के दौरे का निरोध परिवार और राष्ट्र दोनों के लिए बहुत किफायती भी है। बहुत विलंब होने के पूर्व ही प्रयास तत्काल प्रारंभ होना चाहिए। वर्तमान में किए गए निरोधात्मक उपायों के परिणामस्वरूप भविष्य में अधिक (खर्चीले) सघन देखभाल कक्षों की स्थापना की आवश्यकता नहीं होगी।

भूटान में उच्च रक्तचाप के बहुत विस्तृत प्रभाव-क्षेत्र के संबंध में मेरे कुछ व्यक्तिगत विचार हैं। मैं सोचता हूँ कि शीघ्रता में किसी निष्कर्ष पर पहुँचना तथा उपचारात्मक प्रक्रिया शुरू कर देना, उचित नहीं होगा। उदाहरण के लिए—हम लोगों से कहें कि वे नमकीन चाय (सूजा) लेना बंद कर दें, जो कि वे शतब्दियों से लेते आ रहे हैं तो क्या यह उचित होगा? हमें सामुदायिक अध्ययनों पर आधारित विश्वसनीय आँकड़े प्राप्त करने चाहिए तथा उच्च रक्तचाप की गंभीरता का पता लगाना चाहिए। कभी-कभी लोगों की रहन-सहन की आदतों में अनावश्यक हस्तक्षेप से एक तनाव उत्पन्न होता है, जो प्रति-उत्पादक सिद्ध हो सकता है। जिन लोगों पर उच्च रक्तचाप का रोगी होने की मुहर लगा दी गई है, उनमें से बहुतों का रक्तचाप सूचकांक लगभग 150-160/90-100 मि.मी. पारा था। 'अल्प उच्च रक्तचाप' वाले इस उपसमूह के लोगों पर अनेक सामुदायिक अध्ययन किए गए हैं। प्रथम जाँच के बाद कुछ वर्षों तक उनकी अनुवर्ती जाँच जारी रही। इन अध्ययनों से अब तक यह प्रमाणित हो चुका है कि इस उपसमूह के 60-70 प्रतिशत लोगों का रक्तचाप या तो कम होता है या ऊपर नहीं बढ़ता है। इस समूह के लिए औषधीय चिकित्सा की कोई आवश्यकता नहीं है। यदि उन्हें उच्च रक्तचाप निरोधी दवाइयाँ दी जाएँगी तो उनपर इनका पार्श्व-प्रभाव पड़ेगा। यह प्रभाव उनके अल्प उच्च रक्तचाप की अपेक्षा अधिक गंभीर हो सकता है।

अत: उच्च रक्तचाप के विषय पर और अधिक अन्वेषण की आवश्यकता है। शांतिमय और सामंजस्यपूर्ण सह-अस्तित्व के लिए गुटनिरपेक्ष देशों के एक संगठन की अवधारणा निश्चय ही एक उत्कृष्ट विचार था। स्वस्थ अस्तित्व के लिए धूम्रपान-रहित देशों का भी एक संघ क्यों न बने? नीति निर्माता या प्रशासक कहेंगे कि यह एक दृष्टिकोण है, किंतु इस विषय को एक राष्ट्रीय या अंतरराष्ट्रीय गोष्ठी में वाद-विवाद के लिए विचाराधीन रखा जाना चाहिए। इस उद्भवन (Incubation) अवधि में और कुछ लाख नवयुवक धूम्रपान करना शुरू कर सकते हैं। धूम्रपान सें संबंधित स्वास्थ्य की समस्त समस्याओं पर होनेवाले विशाल खर्च की तुलना में तंबाकू उद्योग से सरकारी खजाने को प्राप्त आय नगण्य है, जो राष्ट्रीय स्वास्थ्य से अधिक महत्त्वपूर्ण नहीं है।

गरजनेवाले (किंतु शांत) परदार सर्प (ड्रैगान) की भूमि, डूक-यूल से मिलनेवाला यह सबक सिर्फ भूटान पर ही नहीं, बल्कि अन्य देशों पर भी लागू होता है। यह उन देशों के लिए विशेष रूप से प्रासंगिक है, जहाँ 50 वर्ष से कम उम्र में ही अनेक बहुमूल्य जिंदगियाँ दिल के दौरे का शिकार हो जाती हैं। यह जीवन की सर्वाधिक उत्पादक अवधि होती है और इस प्रकार परिवार और राष्ट्र की अपार क्षति होती है।

यदि ऊपर वर्णित धूम्रपान-रहित आदत और स्वस्थ जीवन-शैली जैसी निरोधात्मक विधियों का अभी से पालन न किया जाएगा तो मुझे भय है कि दस वर्षों के बाद स्थिति भिन्न हो सकती है। दिल के दौरे की व्याधि से बुरी तरह प्रभावित अनेक देशों से प्राप्त अनुभव से सिद्ध हुआ है कि भोजन की आदतों में सकारात्मक परिवर्तन, धूम्रपान से परहेज, दैनिक जीवन में नियमित शारीरिक व्यायाम और मानसिक विश्रांति के परिणामस्वरूप हृदय रोगों और उच्च रक्तचाप के प्रसार-क्षेत्र में कमी आई है। इन साधारण बातों को लोगों को समझाने में करोड़ों डॉलर खर्च हुए हैं। उपचारात्मक चिकित्सा परिवार और राज्य दोनों के लिए महँगी होती जा रही है। अत: समग्र स्वास्थ्य की देखभाल के लिए निरोधात्मक उपाय ही सार्थक सिद्ध हो सकते हैं। यह बात विकासशील देशों पर विशेष रूप से लागू होती है, क्योंकि उनके साधन

अत्यल्प हैं और प्राथमिकताएँ अनेक। इक्कीसवीं शताब्दी के नागरिकों को सामान्यतः रोग मुक्त रखने के लिए, विशेषकर हृदय रोगों से, निरोधात्मक प्रयासों को तत्काल प्रारंभ किया जाना चाहिए। संपूर्ण भूटान में आप ऊँचाई पर लहराते हुए अनगिनत झंडे देखेंगे। उन पर प्रार्थनाएँ अंकित रहती हैं। देश को पवित्र बनाए रखने के लिए हवा बुद्ध के प्रेम, शांति और सहिष्णुता के संदेश का सतत प्रसारण करती रहती है। चिकित्सा व्यवसाय में लगे लोग और नागरिक भी एक होकर कार्य करें; वे स्वास्थ्य की बात करें, रोग की नहीं और देश को स्वस्थ रखें।

''मेरे पास जो भी ज्ञान है, वह कोई भी दूसरा व्यक्ति प्राप्त कर सकता है, किंतु मेरा हृदय पूर्णतः मेरा अपना है।''

—गोथे

□

17

हृदयाघात का अर्थशास्त्र

''महान् विचारों का उद्भव सदैव हृदय से होता है।''

—मार्जनिस डे वाउवेन्ग्रूज

दिल का दौरा अधिकांश मृत्यु और व्यक्ति की अत्यधिक अशक्तता के लिए उत्तरदायी है। इससे पीड़ित/मृत व्यक्ति के परिवार, संगठन (जहाँ वह काम करता है) और कुल मिलाकर राष्ट्र की आर्थिक क्षति होती है। यह विकसित देशों की एक प्रमुख समस्या है, किंतु विकासशील देशों की परिस्थितियाँ भी तेजी से बदल रही हैं। वहाँ संक्रामक रोगों पर नियंत्रण पा लिया गया है, लेकिन रक्त परिसंचरण तंत्र के रोग, जिनमें उच्च रक्तचाप और दिल के दौरे शामिल हैं, एक बड़ी समस्या खड़ी कर रहे हैं और इस दशक में स्वास्थ्य के लिए एक प्रमुख चुनौती बननेवाले हैं। वर्तमान प्रवृत्ति भयप्रद है। हम देख रहे हैं कि एक बड़ी संख्या, अधिकांश पुरुष, अपने जीवन के पाँचवें और छठे दशकों में दिल के दौरे से पीड़ित है। एक मोटे अनुमान के अनुसार शहरों की कुल वयस्क जनसंख्या का लगभग 5 प्रतिशत किसी-न-किसी प्रकार के हृदय रोग से पीड़ित है। इस प्रकार हमारे देश में लाखों लोगों को अपने स्वास्थ्य और स्वास्थ्य रक्षा के लिए नैदानिक और उपचारात्मक सेवाओं की आवश्यकता

होगी। आधुनिक नैदानिक एवं चिकित्सकीय रूपात्मकताओं (मोडेलिटीज) के लिए आवश्यक उपकरणों का मूल्य बहुत अधिक हो गया है। अतः हम कल्पना कर सकते हैं कि दिल के दौरे के कारण परिवार और राष्ट्र पर कितना बड़ा आर्थिक बोझ पड़ेगा। दिल के दौरे पर आनेवाली कुल आर्थिक लागत की गणना निम्नलिखित सभी बिंदुओं पर इनके प्रभाव को देखकर की जानी चाहिए—

(क) दिल के दौरे से पीड़ित व्यक्ति,

(ख) रोगी का परिवार,

(ग) वह संगठन, जहाँ रोगाक्रांत व्यक्ति एक प्रशासक, व्यावसायिक साझेदार, वैज्ञानिक, शिक्षक, चिकित्सक या अभियंता के रूप में कार्य कर रहा है।

(घ) राष्ट्र, जिसके द्वारा उस विशेषज्ञ के निर्माण पर एक बड़ी धनराशि खर्च की गई है।

जब किसी युवा व्यक्ति को दिल का दौरा आता है तो राष्ट्र अस्थायी या स्थायी रूप से उसके योगदान से वंचित हो जाता है। निस्संदेह, इस प्रकार की गणना प्रायः सभी प्रकार के रोगों के संबंध में की जा सकती है, किंतु दिल के दौरे की अपनी कुछ विशेषताएँ हैं। यह जीवन की प्रारंभिक अवस्था में ही अचानक हमला करता है। सर्वाधिक प्रभावित होनेवाले लोगों में शहरी जनसंख्या का शिक्षित समूह आता है, जो दौरे के समय प्रायः अपने जीविकोपार्जन के शिखर पर होता है।

टायफॉयड, यक्ष्मा और टेटनस की तरह अब तक हमें दिल के दौरे के उत्पादक जीवाणु का पता नहीं चला है। अतः इस रोग के लिए कोई निरोधक टीका उपलब्ध नहीं है। उच्च रक्तचाप, मोटापा, अति धूम्रपान, उच्च रक्त-कोलेस्टेरॉल और निरुद्यमी जीवन-शैली खतरे के कुछ ऐसे तथाकथित कारक हैं, जिनकी उपस्थिति में किसी व्यक्ति को दिल का दौरा आने की संभावना अधिक रहती है, तथापि दिल के दौरे के लक्षणों से युक्त लगभग 30-40 प्रतिशत ऐसे रोगी आते हैं, जिनमें खतरे के ये कारक

उपस्थित नहीं रहते हैं। माता-पिता से बच्चों में हृदय रोग के हस्तांतरण के लिए प्रायः आनुवंशिकी को उत्तरदायी ठहराया गया है, लेकिन यदि यह सिर्फ जीन की देन है तो निम्नलिखित प्रवासियों में दिल के दौरे के बढ़ते हुए विस्तार-क्षेत्र की व्याख्या हम किस प्रकार कर सकते हैं?

(1) संयुक्त राज्य अमेरिका के अश्वेत लोग और जापानी प्रवासी,

(2) ऑस्ट्रेलिया और न्यूजीलैंड की मुख्य भूमि में आव्रजित जनजातियाँ,

(3) पंजाबी और गुजराती भारतीय, जो इंग्लैंड में बस गए हैं।

इससे ऐसा लगता है कि न केवल जीन, बल्कि वह वातावरण, जिसमें लोग रहते हैं, हृदय रोग की उत्पत्ति में योगदान के कारक हो सकते हैं। इस संदर्भ में चिकत्सा विज्ञान के पिता, महान् चिकित्साशास्त्री हिप्पोक्रैट्स के ये शब्द स्मरणीय हैं, जो उनके द्वारा शताब्दियों पूर्व (ई. पू. छठी शताब्दी) में व्यक्त किए गए थे, "उन सबों को जो चिकित्सा विज्ञान का अच्छी तरह अध्ययन करना चाहते हैं, लोगों के निवास-स्थान की मिट्टी, पेयजल और खाद्य सामग्रियों का अध्ययन करना चाहिए। उन्हें यह भी जानना चाहिए कि वे निरुद्यमी जीवन-शैली के आदी हैं या कठोर परिश्रम के प्रेमी। अनेक शताब्दियों के बाद, अति उन्नत तकनीकी विकास के बावजूद, आज भी हम दिल के दौरे के कारणों की खोज के प्रसंग में खतरे के उन्हीं कारकों की चर्चा कर रहे हैं। हम जो निरोधात्मक योजना बना रहे हैं, उसमें निम्न प्रकार से जीवन-शैली का रूपांतरण शामिल है—

(1) मुख्यतः गैर-औषधीय और स्वास्थ्यकर विधियों द्वारा उच्च रक्तचाप का निरोध और नियंत्रण (भार नियंत्रण, नमक और अल्कोहल के अतिसेवन से परहेज), (2) नियमित शारीरिक व्यायाम, (3) भोजन में संतृप्त वसा और कार्बोहाइड्रेट्स की कमी लाना, (4) धूम्रपान से परहेज और (5) दैनिक जीवन में शिथिलीकरण की विधियों का समावेश।

हृदय के रोगियों के लिए आवश्यक नैदानिक और उपचारात्मक प्रक्रियाओं पर होनेवाले भारी खर्च की तुलना में उपरोक्त निरोधात्मक विधियों पर कुछ भी खर्च नहीं करना पड़ता है। इस प्रकार इन्हें अपनाने

से संबद्ध व्यक्ति, उसके परिवार और राष्ट्र को भारी आर्थिक लाभ हो सकता है। अतः दिल के दौरे का निरोध न केवल अति उत्तम है वरन् उपचार से बहुत अधिक सस्ता भी है। जिन देशों में इन निरोधात्मक विधियों को अपनाया गया और प्रोत्साहित किया जा रहा है वहाँ दिल के दौरे के प्रभाव-क्षेत्र में 30-40 प्रतिशत की कमी आई है। इन विधियों से अधिक लाभ प्राप्त करने के लिए यह आवश्यक है कि कम उम्र में ही उन्हें अपना लिया जाए तथा युवावस्था से लेकर अधिक उम्र होने तक जारी रखा जाए। यह भी देखा गया है कि अधिक उम्र होने पर भी यदि जीवन-शैली में उपरोक्त विधियों से रूपांतरण लाया जाए तो उनकी रक्षात्मक क्षमता का लाभ मिलता है और हृद्वाहिका रोगों के प्रसार में कमी आती है। हमें यह नहीं सोचना चाहिए कि विद्यालय और महाविद्यालय के दिनों में किए गए व्यायाम के आधार पर ही हम बुढ़ापे तक स्वस्थ बने रहेंगे। सकारात्मक स्वास्थ्य की पूर्ण और रोगमुक्त अवस्था की प्राप्ति के लिए हमारा प्रयास सतत और आवर्ती होना चाहिए।

दिल के दौरे के निरोध के संदर्भ में चार प्रमुख पहलू शामिल हैं—

(1) स्वयं की भूमिका : स्वामी विवेकानंद ने कहा है, "वे, जो दूसरों के लिए जीते हैं, वे ही वास्तव में जी रहे हैं और वे जो केवल अपने लिए जीते हैं, जीवित रहने की अपेक्षा अधिक मरे हुए हैं। जो व्यक्ति अपने स्वार्थ और भोग के लिए अत्यधिक खान-पान और धूम्रपान में मगन रहता है, अंतर्मुखी और निरुद्यमी जीवनयापन करता है तथा अपने बच्चों एवं परिवार का भी ध्यान नहीं रखता है, वह स्वामीजी द्वारा परिभाषित द्वितीय कोटि के लोगों में आता है। ऐसे व्यक्ति को दूसरों के लिए उपयोगी होने के निमित्त अपनी जीवनशैली में परिवर्तन करना चाहिए। ऐसा करने से वह हृदय संबंधी समस्याओं से बचेगा और निश्चित रूप से एक अधिक उपयोगी और उत्पादक नागरिक बन सकेगा। हमारा लक्ष्य केवल अपने लिए जीना ही नहीं होना चाहिए। हमें अपने परिवार, संगठन और राष्ट्र के लिए भी जीना चाहिए। अपने लालन-पालन के लिए हमारे

बच्चों को भी हमारी आवश्यकता है, ताकि वे अच्छे नागरिक बन सकें। अपने संगठन के प्रति हमारा कुछ दायित्व है और उसे भी हमसे बड़ी अपेक्षाएँ हैं। अपने देश के प्रति भी हमारा कुछ कर्तव्य होता है, जिसने हमें वैज्ञानिक, शिक्षक, चिकित्सक, व्यावसायिक, प्रशासक, तकनीशियन या सुयोग्य अभियंता बनाने हेतु पर्याप्त धन और अन्य साधन खर्च किया है। अब जब राष्ट्र निर्माण में हमारे सहयोग की बारी आई है तो हमें असमय में ही अलविदा नहीं कहना चाहिए।

(2) जीवन-साथी की भूमिका : संसार में विधवाओं की सख्या विधुरों से अधिक है। इस प्रकार पुरुष वर्ग अधिक 'कमजोर' है और उसका हृदय अधिक भंगुर। उसे सतर्कतापूर्वक सँभालने की आवश्यकता है। अतः पति के हृदय की रक्षा और सुरक्षा के प्रसंग में पत्नी की भूमिका बहुत महत्त्वपूर्ण हो जाती है, ताकि जीवन-साथी के रूप में वे साथ-साथ लंबी दूरी तय कर सकें। अपनी पत्नी के प्रति पति की भूमिका भी समान रूप से महत्त्वपूर्ण है, विशेषकर आधुनिक संदर्भ में। आज अधिकाधिक महिलाएँ नौकरी करने लगी हैं और पुरुषों के समान ही कठिन और उत्तरदायित्वपूर्ण कार्यों का संपादन कर रही हैं। एक-दूसरे की आवश्यकताओं, उत्तरदायित्वों और त्रुटियों की सही समझ, बच्चों के प्रति समान रूप से कर्तव्यपालन, और पारिवारिक प्रतिबद्धता की स्थितियाँ एक-दूसरे के हृदय की अच्छी तरह देखभाल करने में बहुत सीमा तक सहायक होंगी।

(3) संगठन और उसके प्रधान की भूमिका : अपने कर्मचारियों की देखभाल के प्रसंग में संगठन की भूमिका महत्त्वपूर्ण होती है, ताकि उन्हें उच्च रक्तचाप और हृदय से संबंधित समस्याओं का सामना न करना पड़े। जब जीवन के सर्वाधिक उत्पादक वर्षों में दिल के दौरे के कारण किसी कर्मचारी की मृत्यु हो जाती है या वह पंगु हो जाता है तो एक अति प्रशिक्षित और अनुभवी कार्मिक के खो जाने के कारण उसके संगठन को बड़ी क्षति होती है। अतः यह बहुत महत्त्वपूर्ण बात है कि संगठन और उसके प्रधान अपने कर्मचारियों को निम्नलिखित उपायों की ओर अभिमुख

करें : उत्तम अंतर्वैयक्तिक संबंध, स्वस्थ कार्यात्मक वातावरण, कार्य के साथ-साथ पर्याप्त विश्राम, खेल-कूद समारोहों का आयोजन, अनिवार्य छुट्टियाँ और प्रारंभिक अवस्थाओं में ही स्वास्थ्य संबंधी समस्याओं की पहचान के लिए नियतकालिक चिकित्सकीय जाँच एवं उनके उपचार की सामयिक प्रभावशाली व्यवस्था।

(4) सरकारी और गैर-सरकारी संगठन : दिल के दौरे के निरोध के प्रसंग में कुछ सरकारी अभिकरणों और गैर-सरकारी संगठनों की भूमिका भी महत्त्वपूर्ण है। पर्यावरण प्रदूषण, अशुद्ध जलापूर्ति, परिरक्षित खाद्य पदार्थों की हानिकारक अंतर्वस्तुओं और अनेक खाद्य सामग्रियों में डाली गई कीटनाशक दवाओं के विषाक्त-स्तर से तो हम सभी परिचित हैं। यह पता चला है कि ये भी हृदय रोगों में कारक होती हैं। अतः संबद्ध नगरपालिकाओं और कृषि, पर्यावरण तथा रसायन मंत्रालयों के सक्रिय सहयोग एवं सहायता से खतरे के इन कारकों को नियंत्रित करने के लिए पर्याप्त उपाय किए जा सकते हैं। इससे हृदय रोगों के निरोध में सहायता मिलेगी।

इस प्रकार दिल के दौरे के अर्थशास्त्र में रोगी के उपचार से संबंधित आर्थिक पहलुओं के अतिरिक्त अन्य अनेक बातें शामिल हैं। इसका संबंध रोगी के शरीर और मन के साथ-साथ उस परिवार की स्थिति से भी है, जिसका कि वह एकमात्र कमाऊ सदस्य हो सकता है। इसके अलावा यह उस संगठन से भी संबद्ध है, जहाँ दिल के दौरे का रोगी एक वैज्ञानिक, प्रशासक, सुपर कंप्यूटर अभियंता, पॉयलट या चिकित्सा विज्ञान के सुयोग्य विशेषज्ञ के रूप में कार्य कर रहा हो। यह एक तथ्य है कि आजकल दिल के दौरे की चिकित्सा के लिए श्रेष्ठ नैदानिक और उपचारात्मक सुविधाएँ उपलब्ध हैं, किंतु अधिकांश मामलों में प्रथम दौरा ही घातक हो सकता है और अन्य अनेक मामलों में अतिव्यापक उपचार उपलब्ध होने के बावजूद अत्यधिक विकलांगता आ सकती है। अतः हृदय की देखभाल का सर्वाधिक सस्ता और अधिक उत्तम उपाय है—एक समग्रात्मक उपागम अपनाकर दिल

के दौरे का निरोध करना। इसमें मुख्यतः निम्नलिखित बातें शामिल की जा सकती है : रहन-सहन और कार्य-संपादन की स्वस्थ आदतें, संतुलित भोजन और दैनिक जीवन में शारीरिक व्यायाम एवं मानसिक विश्रांति की विधियों का नियमित अभ्यास। ये हृदय की सबसे सस्ती और सर्वोत्तम देखभाल के लिए आवश्यक हैं।

''जब पूछा गया कि पॉल को शेष कर्मचारियों से अधिक (पारिश्रमिक) क्यों दिया जाता है, तो उत्तर मिला क्योंकि वह लोगों से दिल से मिलता है।''

—लॉर्ड बीवर ब्रुक

□

18

पर्यावरण और हृदय

"प्यार करनेवाला हृदय सदैव युवा बना रहता है।"

—ग्रीक मुहावरा

आदिकाल से ही सामान्य स्वास्थ्य और विशेषकर हृदय के संबंध में पर्यावरण की भूमिका का उल्लेख किया गया है। उदाहरण के लिए—इस कथन से हम सभी परिचित हैं, "जलवायु में परिवर्तन आपके लिए उत्तम होगा।" यह मनुष्य के स्वास्थ्य और पर्यावरण के बीच के सकारात्मक संबंधों पर बल देता है। आब-ओ-हवा (जल और वायु) जैसे शब्दों का उपयोग भी प्राय: स्वास्थ्य पर उनके प्रभाव को अभिव्यक्त करने के लिए किया गया है। गुरु नानक देव ने आज से पाँच सौ वर्ष पूर्व (1469-1539) मानवजाति का सातत्य बनाए रखने के संदर्भ में वायु, जल और मिट्टी के बीच की घनिष्ठ अंत:क्रियाओं की सकारात्मक भूमिका का अनुभव किया था। उन्होंने लिखा है—

पवन गुरु, पानी पिता, माता धरत मुहत।
दिविस रात दोइ दै दिया, खेले सकल जगत्॥

गुरु नानक देव से कई शताब्दी पूर्व (ई.पू. छठी शताब्दी) चिकित्सा विज्ञन के जनक हिप्पोक्रैट्स ने मानव के स्वास्थ्य के प्रसंग में पर्यावरण की

भूमिका के संबंध में कहा था, ''जो कोई भी चिकित्सा विज्ञान का सही ढंग से अध्ययन करना चाहता है, उसे इस प्रकार आगे बढ़ना चाहिए, ''सर्वप्रथम पूरे वर्ष की ॠतुओं पर विचार करना चाहिए…जल भूमि…और लोगों की जीवन-पद्धति एवं उनका व्यवसाय, वे अत्यधिक क्या खाना-पीना पसंद करते हैं और निरुद्यमी जीवन जीते हैं या व्यायाम और परिश्रम करना पसंद करते हैं।''

स्वास्थ्य के संबंध में पर्यावरण की दुहरी भूमिका होती है—

(अ) मनोवैज्ञानिक प्रभाव और (ब) शारीरिक प्रभाव। ये प्रभाव तंत्रिका हॉर्मोन तंत्र के माध्यम से अनेक अंग-तंत्रों पर कार्य करते हैं, जिनमें केंद्रीय तंत्रिका तंत्र, हृद्वाहिका तंत्र और अंतःस्रावी तंत्र विशेष रूप से उल्लेखनीय हैं। स्वयं पर्यावरण के दो अंग होते हैं (अ) बाह्य पर्यावरण—जैसे ॠतु-परिवर्तन, वायुमंडलीय प्रदूषण, संपोषण और भोजन, (ब) आंतरिक पर्यावरण, जो स्वचालित तंत्रिका तंत्र के माध्यम से मन की शक्तिशाली भूमिका द्वारा लाए गए तंत्रिका हॉर्मोन परिवर्तनों का परिणाम है। बाह्य एवं आंतरिक पर्यावरणीय कारकों का पेप्टिक अल्सर, मधुमेह तथा हृदय रोग जैसी अनेक बीमारियों के होने और उनसे रोगमुक्ति पर गहरा प्रभाव पड़ता है। उदर व्रण, मोटापा, मधुमेह, एलर्जी की स्थिति, उच्च रक्तचाप तथा दिल के दौरे के कारण और उपचार के प्रसंग में आहार की भूमिका से भी हम अच्छी तरह परिचित हैं। यहाँ मैं मुख्यतः हृदय की वैसी समस्याओं की चर्चा करूँगा, जिन पर पर्यावरणीय कारकों का प्रभाव पड़ता है। इनमें निम्नलिखित बीमारियाँ आती हैं—उच्च रक्तचाप, दिल का दौरा और हृदय की धड़कन से संबंधित कुछ समस्याएँ, जैसे स्पंदन की तेज और अनियमित दर, धड़कन का लोप आदि। हृदय पर अतिभोजन, धूम्रपान, अल्कोहल के अतिसेवन और नियमित शारीरिक व्यायाम के अभाव के हानिकारक प्रभाव से प्रत्येक व्यक्ति परिचित है। अतः इसके और अधिक विश्लेषण की कोई आवश्यकता नहीं है, किंतु हृदय पर मन के शक्तिशाली प्रभाव को पूर्णतः उजागर नहीं किया गया है। क्या हृदय मानव शरीर का स्वामी है या अनेक स्वामियों का सेवक, जिनमें मन सर्वाधिक शक्तिशाली है ? मैं यह पाठकों पर छोड़ता हूँ कि वे निम्नलिखित कविता को

पढ़कर स्वयं इस संबंध में निर्णय लें—

कहा हृदय ने मस्तिष्क से—
"मैं स्वामी हूँ,
जीवन का शक्ति-गृह,
तुम्हारे अस्तित्व के निमित्त
रक्त-धारा का, करता हूँ परिचालन
इसके प्रवाह को तंत्रिका, ऊतक और मांस
में निर्देशित करता हुआ।
जिससे निर्मित होता है प्रासाद
मानवीय चेतना और
उसे संचालित करते हो तुम,
मेरे अनुग्रह, शक्ति और प्रयास से।"
अति सशक्त और आश्वस्त
गुस्ताख चतुर मस्तिष्क
ओठों पर लाया अपनी कुटिल मुसकान,
तथा आनंद लेते हुए
उपहास से बोला मानव-मन हृदय से—
"तुम्हारे स्वामित्व का दावा
उचित और स्वीकार्य है,
क्योंकि वस्तुतः तुम जीवन को धारण करते हो,
किंतु हो तो तुम मात्र एक पंप ही,
जिसका जीवन प्रवाह
नियंत्रित करती हैं हमारी मायावी और जटिल कोशिकाएँ
अपने उल्लास एवं सौम्यता में।
उनमें जीवन को उल्लास या विषाद में
बदलने की क्षमता भी है।
निश्चय ही तुम एक महान् निष्पादक हो,

जीवन की गति, संगीत, गुणवत्ता और अवधि में
तुम्हारी भूमिका निर्णायक है।
तुम पुष्ट करते हो जीवनी शक्ति को,
उपयोग भी करते हो संचय या अपव्यय में।
जबकि मैं उसका आयोजन और निर्देशन करता हूँ,
यदि मैं शांत और सौम्य हूँ,
विवेकपूर्ण और करुणामय हूँ।
तुम्हारे शक्ति-गृह का कार्य
सुगमता से चलता है।
पर यदि मैं क्रोध में, विक्षोभ में
भ्रांति और भय में रहूँ,
तो तुम्हारे सभी पुर्जे
ढीले हो जाएँ, टूटकर बिखर जाएँ,
तुम विश्रांत न रह सको।
और अच्छी तरह अपने कार्य संपादन कर सको
आवश्यक है उसके निमित्त
मेरा सौम्य, शांत और प्रशांत रहना।''
जीवन संगीत गाते हुए
हृदय और मस्तिष्क समस्वर में बोले—
''जीवन के आनंद और सृष्टि की
अभिव्यक्तियों और संभावनाओं के लिए,
हम हैं विशिष्ट और एक दूजे की अनुभूति के लिए।
यदि मस्तिष्क करता है निर्देशित हृदय को
शांति, आशा और निष्ठा की अवस्था में
और हृदय रहता है हृष्ट-पुष्ट,
अति दुरुस्त शारीरिक स्थिति में,
तो जीवन की गति अबाध होती है,

जीने और सृजन करने में।
हम लोग मिलकर बनाएँ
डॉ. वसीर की दो महत्त्वपूर्ण औषधियाँ—
'मस्तिष्क और हृदय'
हृदय की सुरक्षा
और मस्तिष्क के उत्कर्ष हेतु।"

(इस कविता की रचना डॉ. प्रेम किरपाल ने लेखक के निबंध 'मन, शरीर और हृदय' पर एक टिप्पणी के रूप में की थी।)

मन हृदय के क्रिया-कलापों, रक्तचाप के स्तर, रक्तवाहिकाओं के स्वास्थ्य एवं विभिन्न चयापचयी प्रक्रियाओं को स्वचालित तंत्रिका तंत्र के दो घटकों के माध्यम से प्रभावित करता है—अनुकंपी और परानुकंपी तंत्र। मानवीय हृद्वाहिका तंत्र पर मन के निम्नलिखित प्रमुख प्रभाव पड़ते हैं—

(1) स्पंदन की दर, लय और हृद्स्पंद के आवेग में परिवर्तन। इसके परिणामस्वरूप हृदय की धड़कन में अनियमितता भी आ सकती है।

(2) रक्तचाप में परिवर्तन, चिंता, दबाव या मन की तनावपूर्ण अवस्था में रक्तचाप में आकस्मिक वृद्धि हो जाती है।

(3) मन की अशांत अवस्था में श्वसन-प्रक्रिया भी तेज और अनियमित हो जाती है।

(4) यदि व्यक्ति तनाव या प्रतिकूल वातावरण में है तो रक्त-शर्करा में वृद्धि हो सकती है।

(5) जब व्यक्ति तनाव की स्थिति में है, उस समय शरीर के महत्त्वपूर्ण अंगों को संपोषण और ऑक्सीजन पहुँचानेवाली रक्तवाहिकाओं में संकीर्णन (ऐंठन) हो सकता है। जब हृद्संवाहिकाओं अर्थात् उन संवाहिकाओं में, जो हृत्पेशियों को ऑक्सीकृत रक्त पहुँचाती हैं, ऐसा होता है, तब व्यक्ति को हृत्शूल या स्पष्ट रूप से दिल का दौरा हो सकता है। दबावपूर्ण परिस्थितियों में दिल के दौर से होनेवाली आकस्मिक मृत्यु प्रायः इसी प्रकार की प्रक्रिया का परिणाम होता है। यहाँ मृत्यु का कारण दिल का गंभीर दौरा या दिल की

अनियमित धड़कन (अतालता) हो सकती है। इस प्रकार हृदय के प्रसंग में मन की भूमिका अत्यधिक शक्तिशाली होती है।

भावनाएँ मन का प्रतिबिंब होती हैं। यदि भावनाएँ सकारात्मक हैं तो मानव हृदय पर उनका प्रभाव सकारात्मक एवं उपयोगी हो सकता है, किंतु यदि वे नकारात्मक हैं, तो मानव के हृद्संवाहिका तंत्र पर उनका प्रभाव नकारात्मक और हानिकारक होगा। सकारात्मक भावनाओं की श्रेणी में निस्स्वार्थ उद्देश्य, निस्स्वार्थ सेवा और 'क्या मैं आपकी सहायता करूँ' जैसे भाव आते हैं। इनसे मानसिक शांति, सौम्यता और संतुलन की प्राप्ति होती है। इसके परिणामस्वरूप रक्तचाप में वृद्धि, स्पंदन दर की अनियमितता और तीव्र गति तथा रक्त-शर्करा एवं कोलेस्टेरॉल स्तर में वृद्धि के हानिकारक प्रभावों से हृद्संवाहिका तंत्र की रक्षा होती है। काम, क्रोध, लोभ, मोह, अहंकार, ईर्ष्या और घमंड नकारात्मक भावनाओं के उदाहरण हैं। इनके बार-बार प्रकट होने से दबाव, तनाव, कष्ट और रोग उत्पन्न होते हैं।

तनाव या दबाव को ठीक-ठीक परिभाषित करना कठिन है, तथापि स्वास्थ्य या पर्यावरण की दृष्टि से दबाव की परिभाषा इस प्रकार दी जा सकती है, ''पर्यावरण या परिस्थिति की माँगों तथा इन माँगों की पूर्ति की व्यक्ति की क्षमता के बीच के असंतुलन से उत्पन्न एक मानसिक अवस्था।''

आजकल बहुत से युवक अपने जीवन के चौथे और पाँचवें दशकों में उच्च रक्तचाप एवं दिल के दौरे की समस्याएँ लेकर चिकित्सालय आते हैं। ऐसी परिस्थिति में हम यह जानना चाहते हैं कि क्या ये रोग जीन की देन हैं या इनकी उत्पत्ति पर्यावरणीय कारकों से होती है। अनेक उदाहरणों के आधार पर यह विश्वास सकारण लगता है कि ये रोग रहन-सहन की आदतों में परिवर्तन तथा पर्यावरणीय प्रभावों के परिणाम हैं, न कि ईश्वर की इच्छा से उत्पन्न। चिकित्सकीय साहित्य से प्राप्त अनेक उदाहरण तथा सार्वजनिक स्वास्थ्य से संबंधित आँकड़े इस तथ्य को यथोचित रूप से सत्यापित करते हैं। संधिवातीय ज्वर और संधिवातीय हृदय रोग भारत में अति सामान्य हृदय रोग हैं। यह हृद्कपाटिका को प्रभावित करता है। इसके उपचार के लिए बड़ी

शल्यक्रिया की आवश्यकता होती है, जो संबद्ध व्यक्ति और राज्य दोनों के लिए बहुत व्ययसाध्य होती है। एक समय था, जब पश्चिमी देशों में यह रोग बहुत प्रचलित था। अब वैसे बहुत से देशों में यह लगभग निर्मूल हो चुका है। यह कार्य औषधियों के उपयोग से उतना नहीं हुआ, जितना कि पर्यावरणीय कारकों के प्रभावी नियंत्रण से संभव हुआ है। इनमें भीड़-भाड़ से बचाव और उचित स्वास्थ्यकर विधियों का पालन शामिल है। आधुनिक सभ्यता की मुख्यधारा से अलग-थलग रहनेवाली ऑस्ट्रेलिया की कुछ जनजातियाँ उच्च रक्तचाप के रोग से वस्तुतः मुक्त थीं, किंतु ज्यों ही वे मुख्य भूमि पर आईं और उनके रहन-सहन की आदतों में परिवर्तन आया, उनके रक्तचाप में वृद्धि की प्रवृत्ति नजर आने लगी। कुछ ऐसे रोगी भी मिलने लगे, जो स्पष्टतः उच्च रक्तचाप से पीड़ित थे। यह एक ऐसा रोग है, जिसका प्रसार ग्रामीणों की अपेक्षा शहरी लोगों के बीच बहुत अधिक है।

संयुक्त राज्य अमेरिका में आकर बसनेवाले अश्वेत लोगों के साथ भी यही बात पाई गई है। संयुक्त राज्य अमेरिका के कैलिफोर्निया और अन्य क्षेत्रों के जापानी प्रवासियों में भी दिल के दौरे के अधिक प्रसार की प्रवृत्ति देखी जाने लगी है। इंग्लैंड में बसे हुए पंजाबी तथा गुजराती लोगों के बीच मधुमेह और दिल के दौरे का प्रसार न केवल उनके भारतीय प्रतिरूप, बल्कि स्थानीय श्वेतों की तुलना में भी अधिक है। इस स्थिति के मूल में जीन हैं या पर्यावरण? स्पष्टतः यह पर्यावरण से संबंधित एक समस्या है। शारीरिक व्यायाम का अभाव, अतिभोजन, अल्कोहल का अतिसेवन, धूम्रपान, मोटापा और दबावपूर्ण तथा उत्तेजक परिस्थितियों से उत्पन्न मानसिक तनाव दिल के दौरे के लिए खतरे के सशक्त कारक माने जाते हैं। ये सभी प्रत्यक्ष या अप्रत्यक्ष रूप से बाह्य या आंतरिक पर्यावरण से जुड़े हुए हैं। यदि ऐसी बात है तो क्यों न इस विषय का गहराई से अध्ययन किया जाए। पर्यावरणीय परिस्थितियों को इस प्रकार रूपांतरित करना तथा अन्य लोगों को परिवर्तित कर अपने अनुकूल बनाना एक अति दुष्कर कार्य है। इन कठिनाइयों को हमें स्वीकार करना चाहिए। हमें समझना चाहिए कि कुछ पर्यावरण संबंधी कारक

ऐसे हैं— विशेषकर दबाव और तनाव तथा संबंधियों, मित्रों, विरोधियों एवं अन्य लोगों के व्यवहार, जिन्हें परिवर्तित करना अत्यधिक कठिन है। अत: व्यक्ति को घर एवं कार्यस्थल की दबावपूर्ण परिस्थितियों के प्रति अपने ही व्यवहार एवं प्रतिक्रियाओं को रूपांतरित करने का प्रयास करना चाहिए। कुछ लाभदायक पर्यावरणीय कारक, जिन्हें मैं हृदय का सुरक्षात्मक कारक कहता हूँ, निम्नलिखित हैं—

(1) संतुलित आहार : अतिभोजन, विशेषकर मिठाइयों और वसा, से परहेज, ताकि शारीरिक वजन, रक्त-शर्करा और रक्त-कोलेस्टेरॉल को सामान्य सीमा के अंदर रखा जा सके। कृत्रिम ढंग से परिरक्षित खाद्य सामग्रियों में प्राय: सोडियम (नमक) की अधिक मात्रा तथा कुछ परिरक्षक रसायन भी डाले जाते हैं, जो हृदय के लिए हानिकारक हो सकते हैं तथा रक्तचाप को बढ़ा सकते हैं। दूसरी तरफ ताजे फलों और सब्जियों में रेशों एवं पोटैशियम की मात्रा अधिक रहती है, जो हृदय के लिए लाभदायक तथा रक्तचाप के नियंत्रण में सहायक हो सकते हैं।

(2) नियमित शारीरिक व्यायाम : इससे शरीर उत्तम क्रियाशील अवस्था में रहता है। यह वजन-वृद्धि को रोकने तथा हलके उच्च रक्तचाप, मधुमेह और उच्च कोलेस्टेरॉल के उपचार में सहायक होता है। यह शारीरिक और मानसिक शिथिलीकरण भी प्रदान करता है। इस प्रकार इससे सामान्य स्वास्थ्य का एक भाव उत्पन्न होता है और यह न केवल जीवन में वर्षों की वृद्धि करता है वरन् बढ़े वर्षों को जीवंत बनाता है। ऑक्सीजन-उपलब्धता के एक निश्चित स्तर पर शारीरिक व्यायाम शरीर को अधिक कार्य करने हेतु प्रशिक्षित करता है। नियमित सामान्य व्यायाम से व्यायाम के लाभदायक परिणाम प्राप्त किए जा सकते हैं। श्रमसाध्य व्यायाम करने के कारण से थकावट और पेशी-विदारण उत्पन्न हो सकता है।

(3) विश्रांत मानसिक अवस्था : संगीत, ध्यान, योग और सकारात्मक भावनाओं के अभ्यास द्वारा तनाव-दबावरहित विश्रांत मानसिक अवस्था प्राप्त की जा सकती है। इससे जीवन की अनेक चुनौतियों का सफलतापूर्वक सामना

करने में सहायता मिलती है तथा स्वास्थ्य उत्तम और तेजस्वी बना रहता है।

(4) पारस्परिक निर्भरता : एकाकी, ऊँचे, लंबे और छायारहित वृक्ष की तरह रहने की अपेक्षा अपने चारों ओर के लोगों से उत्तम संबंध रखना तथा कुछ अच्छे मित्र (खेद है कि आजकल यह प्रजाति बिरल या लगभग विलुप्त हो गई है) बनाना श्रेयस्कर है। इससे हमारे चारों ओर एक रक्षात्मक मध्यवर्ती क्षेत्र का निर्माण होता है। यह क्षेत्र अनेक पर्यावरणीय झटकों से सामान्यत: हमारे स्वास्थ्य और विशेषकर हृदय को सुरक्षा प्रदान करता है अन्यथा यह झटका अत्यधिक हानिकारक, यहाँ तक कि घातक भी सिद्ध हो सकता है।

(5) शुद्ध वायु का श्वसन : शुद्ध वायु के श्वसन से रक्त का प्रचुर ऑक्सीजनीकरण होता है और फुप्फुस की क्षमता बढ़ती है, जिससे वह अनेक वायुमंडलीय विषों का सामना कर सकता है। प्रात:काल का टहलना विशेष लाभदायक है, क्योंकि उस समय वाहनों और औद्योगिक धुएँ से वायुमंडल प्रदूषित नहीं रहता है। जहाँ हम रहते हैं, वहाँ पर्याप्त हरे वृक्षों के होने से वे कार्बन डाईऑक्साइड तथा अन्य अनेक वायुमंडलीय विषों से हमारी रक्षा करते हैं। पेड़-पौधे वास्तव में हमारे अच्छे मित्र हैं। वे हमें सिर्फ छाया, फूल, फल या सब्जियाँ ही नहीं देते, बल्कि स्वच्छ, विषरहित पर्यावरण भी प्रदान करते हैं, ताकि हम ताजी हवा में श्वास ले सकें।

इस प्रकार पर्यावरण का स्वास्थ्य और रोग के साथ घनिष्ठ संबंध है। यह हम पर निर्भर करता है कि हम इसके गुणकारी पहलुओं से लाभ उठाएँ और हानिकारक पहलुओं से बचें।

''स्वास्थ्य ही वह वस्तु है, जो आपको अनुभव कराता है कि अभी ही वर्ष का सर्वोत्तम समय है।''

—जॉन कीट्स

□

हृदय स्पंदन के लिए ही आहार लें

19

हृदय और आहार

''भोजन के संबंध में...आप निश्चित रूप से यह जानिए कि सृष्टि के प्रारंभ में ईश्वर ने प्रत्येक प्राणी के लिए आहार निर्धारित कर दिया और उस नियम के विरुद्ध भोजन करना मान्य नहीं है।''

—बहाई सिद्धांत

आहार का हमारे शरीर और मन पर महत्त्वपूर्ण प्रभाव पड़ता है। इस अवधारणा के आधार पर आयुर्वेद द्वारा तीन प्रकार के आहार बताए गए हैं—

(1) तामसिक—ऐसा भोजन शारीरिक उत्तेजना और मानसिक आलस्य या नीरसता उत्पन्न करता है। मसालेदार या बासी भोजन इसके उदाहरण हैं। (2) राजसिक—यह भोजन ऊर्जा और ओज पैदा करता है। इस श्रेणी में अधिक प्रोटीनयुक्त पदार्थ, मांस आदि आते हैं। (3) सात्त्विक—अति उत्तम शुद्ध खाद्य सामग्रियाँ, जो शरीर और मन को स्वस्थ और शांत रखती हैं, जैसे—दूध, मधु, फल आदि। सामुदायिक अध्ययनों से प्रमाणित हुआ है कि शाकाहारी भोजन करनेवाले अधिक शांत प्रकृति के होते हैं और मांसाहारियों की अपेक्षा उनकी आयु अधिक लंबी होती है। मांसाहारी उग्र स्वभाव के होते हैं और अपेक्षाकृत छोटी आयु पाते हैं। यह एक सामान्य अनुभव भी है कि

विशेष प्रकार का भोजन ग्रहण करने के कारण ही हम 'स्वस्थ' या 'अस्वस्थ' अनुभव करते हैं।

खाद्य वस्तुएँ और पर्यावरण उत्तम स्वास्थ्य और रुग्णावस्था के लिए उत्तरदायी होते हैं। भोजन का उद्देश्य स्वस्थ जीवन की प्राप्ति होना चाहिए। मानव जीवन समस्त प्राणियों में सर्वोत्तम माना गया है। अतः इसे सिर्फ खाने-पीने में ही नहीं बिता देना चाहिए। हमारा जीवन परिवार, समाज तथा स्वयं के लिए अर्थपूर्ण होना चाहिए। भारत में कुपोषण एक गंभीर समस्या है, पर दूसरी तरफ अतिपोषण के परिणामस्वरूप दिल के दौरे बढ़ रहे हैं और रक्तचाप ऊँचा हो रहा है। शरीर को आवश्यकता से बहुत अधिक खाने से अतिरिक्त पोषक तत्त्व संवाहिकाओं में एकत्र हो जाते हैं और इस प्रकार उन्हें अवरुद्ध कर देते हैं। एक वयस्क शहरी व्यक्ति की औसत कैलोरी आवश्यकता 2000 कैलोरी से अधिक नहीं होनी चाहिए। इसमें 50 प्रतिशत कार्बोहाइड्रेट्स से, 30 प्रतिशत वसा से और 20 प्रतिशत प्रोटीन से प्राप्त करना चाहिए। स्थूलकाय लोगों को कम कैलोरी की आवश्यकता होती है (आहार-सूची देखिए)। अतिभोजन की गलत आदत की कितनी बड़ी कीमत हम चुका रहे हैं कि दिल के दौरे से समय के पूर्व ही लोगों की मृत्यु हो रही है। यह पूछा जा सकता है कि हमारे पूर्वज भी वसायुक्त भोजन करते थे, जिसमें घी, मक्खन और मिठाइयाँ शामिल रहती थीं, लेकिन हमें यह भी स्मरण रखना चाहिए कि वे पर्याप्त शारीरिक परिश्रम भी करते थे, जिससे उन्हें अपने रक्त-कोलेस्टेरॉल अथवा वजन को कम बनाए रखने में सहायता मिलती थी।

विश्व के अनेक उद्योगीकृत देशों में दिल के दौरे और उच्च रक्तचाप से संबंधित रोगों से सर्वाधिक नागरिकों की मृत्यु होती है। ये बीमारियाँ धमनी काठिन्य का परिणाम होती हैं। धमनी काठिन्य कोलेस्टेरॉल और ट्राइग्लिसराइड्स जैसे पदार्थों के रक्तवाहिकाओं में एकत्रित होने के कारण हो जाता है। अत्यधिक संतृप्त वसा, शर्करा परिष्कृत अन्न से तैयार खाद्य सामग्रियों एवं अल्प रेशायुक्त आहार के सेवन को आहार संबंधी ऐसे कारकों के रूप में स्वीकार किया गया है, जो अधिक दिल का दौरा आने के लिए उत्तरदायी

अपने ही भार से अपनी हत्या न करें

हैं। संयुक्त राज्य अमेरिका और कुछ पश्चिमी यूरोपीय देशों में भोजन संबंधी आदतों को परिवर्तित करने के लिए पर्याप्त उपाय किए गए हैं। वहाँ अब बहुत से लोग कम संतृप्त वसा और शर्करा तथा अधिक रेशायुक्त आहार का सेवन करने लगे हैं। इसके परिणामस्वरूप दिल के दौरे का प्रभाव-क्षेत्र 25-30 प्रतिशत घट गया है। हम लंबे समय से यह जानते हैं कि आहार और हृदय के बीच घनिष्ठ संबंध है। द्वितीय विश्वयुद्ध में जर्मनी ने नॉर्वे पर विजय प्राप्त कर ली थी। बाद के कुछ वर्षों तक नॉर्वे के नागरिकों के बीच दिल के दौरों के आने में कमी बनी रही। इसका कारण यह था कि जर्मनी वाले अपने साथ नॉर्वे से बड़ी मात्रा में मक्खन, दुग्ध-उत्पाद, मिठाइयाँ, चॉकलेट और मांस ले जाते थे। इसका परिणाम यह हुआ कि नॉर्वे के लोगों को मुख्यत: मोटे अन्न, सब्जियों और फल से काम चलाना पड़ा।

संतृप्त वसा और शर्करायुक्त अत्यधिक भोजन ग्रहण करने से शारीरिक वजन, एवं एल.डी.एल. (निम्न घनत्व लाइपोप्रोटींस), वी.एल.डी.एल. (अतिनिम्न घनत्व लाइपोप्रोटीन) तथा ट्राइग्लिसराइड्स (जो कोलेस्टेरॉल जैसा एक अन्य पदार्थ है) जैसे अन्य रक्त-लाइपिड्स में वृद्धि होती है, किंतु एच.डी.एल. (उच्च घनत्व लाइपोप्रोटीन) नामक एक ऐसी रक्त-वसा है, जिसे 'मैत्रीपूर्ण' कोलेस्टेरॉल माना जाता है (एल.डी.एल. और वी.एल. डी.एल. हृदय के लिए खतरे के कारक हैं, इसके विपरीत एच.डी.एल. को रक्षात्मक कारक माना जाता है)। एच.डी.एल. नामक यह लाइपिड रक्तवाहिकाओं में एकत्रित नहीं होता है, बल्कि यह तो एल.डी.एल. और वी.एल.डी.एल नामक हानिकारक लाइपिड्स के रक्तवाहिकाओं में एकत्रित होने में अवरोध उत्पन्न करता है। रक्त में एच.डी.एल. कोलेस्टेरॉल की मात्रा जितनी ही अधिक होगी, उतना ही अच्छा है। एल.डी.एल. एवं वी. एल.डी.एल. कोलेस्टेरॉल और ट्राइग्लिसराइड्स की बात ठीक इसके विपरीत है। यह पता चला है कि संतृप्त वसा से परहेज, नियमित शारीरिक व्यायाम और अल्प मात्रा में अल्कोहल के सेवन से एच.डी.एल. के स्तर में वृद्धि होती है। यह भी देखा गया है कि अल्प मात्रा में अल्कोहल लेनेवालों पर

दिल के दौरे का प्रभाव मद्य-त्यागियों की अपेक्षा कम होता है, तथापि उपलब्ध आँकड़े इतने पर्याप्त नहीं हैं कि हृदय रोग के एक निरोधात्मक कारण के रूप में अल्कोहल के सेवन की सलाह दी जाए। इसके अतिरिक्त, अल्कोहल के उपयोग के संबंध में सामाजिक दृष्टिकोण से भी सोचना पड़ता है। रक्त-कोलेस्टेरॉल का स्तर 200 मिग्रा. प्रतिशत से ऊँचा रहने पर दिल के दौरे का संकट अधिक रहता है। प्रधानतः हमारा भोजन ही इस कोलेस्टेरॉल का स्रोत है। दैनिक आहार के साथ ग्रहण किए गए कोलेस्टेरॉल की मात्रा 300 मिग्रा. से अधिक नहीं होनी चाहिए। एक बार पता चल जाए कि कोलेस्टेरॉल-स्तर ऊँचा है तो इसे सतर्कतापूर्वक आहार नियंत्रण तथा नियमित शारीरिक व्यायाम द्वारा प्रभावपूर्ण ढंग से सिर्फ 25-30 प्रतिशत कम किया जा सकता है। उच्च कोलेस्टेरॉल-स्तर को कम करने की अपेक्षा अधिक महत्त्वपूर्ण बात यह है कि इसे बढ़ने ही न दिया जाए। बचपन से ही सही प्रकार का संतुलित आहार लेने की आदत डालने से यह संभव है। इस प्रकार के आहार में पर्याप्त कैलोरी, प्रोटीन, वसा, कार्बोहाइड्रेट्स, खनिज एवं विटामिनों को शामिल करना चाहिए। एथिरोस्क्लेरोसिस या धमनी काठिन्य बहुत कम उम्र में ही प्रारंभ हो जाता है और इसकी उत्पत्ति में आहार की भूमिका महत्त्वपूर्ण होती है। बचपन से ही आहार संबंधी सही विधियाँ अपनाने तथा संपूर्ण वयस्क अवस्था तक उसे जारी रखने से दिल के दौरे से होनेवाली मृत्यु और विकलांगता का बहुत हद तक निरोध किया जा सकता है।

खान-पान या रहन-सहन की आदतों में परिवर्तन लाने की सलाह देते समय बुद्धिमत्तापूर्ण विधि अपनाने की आवश्यकता है। बचपन या प्रौढ़ावस्था में आहार संबंधी सही विधियाँ अपनाना एक सकारात्मक कदम है, किंतु एक अस्सी वर्षीय वृद्ध व्यक्ति से यह निवेदन करना कि आप मक्खन, घी, अल्कोहल या मिठाइयाँ लेना बंद कर दीजिए, क्योंकि चिकित्सकों के अनुसार ये स्वास्थ्य के लिए हानिकारक हैं, परिवार के एक वरिष्ठ सदस्य के प्रति अच्छा नहीं हो सकता है। यही तथ्य कि उस व्यक्ति की आयु इतनी लंबी है, इस बात का प्रमाण है कि उसके (खान-पान का तरीका सही है।

कृपया अपने हाथों अपनी कब्र न खोदें

निरोधात्मक उद्देश्य से इसमें किसी प्रकार के परिवर्तन की सलाह देने के पूर्व सावधानीपूर्वक विचार करना चाहिए। एक व्यक्ति ने अपने सौवें जन्म-दिवस पर अपनी लंबी आयु के रहस्य के बारे में पूछे जाने पर कहा, ''मैं सदैव सादा और अल्प मात्रा में भोजन ग्रहण करता था, प्रतिदिन खूब टहलता था और न्यायालय एवं चिकित्सकों से दूर रहता था।''

''हृदय एक छोटी चीज है, किंतु उसमें इच्छाएँ महती होती हैं। एक चील के लिए भी यह पर्याप्त आहार नहीं है, किंतु इसमें समस्त विश्व समाविष्ट हो जा सकता है।''

—फांसिस क्वैरीज

□

परिशिष्ट

दैनिक आहार सारणी

1200 कैलोरी आहार के लिए

भोजन	भोज्य पदार्थ	मात्रा (ग्राम)	कार्बोहाइड्रेट्स (ग्राम)	प्रोटीन (ग्राम)	वसा (ग्राम)
जलपान	चाय (50 मि.ली. दूध)	1 प्याला (200 मिली.)	2	1	1
	दूध	1 प्याला (200 मिली.)	9	6	6
	पावरोटी	2 टुकड़े	26	4	–
मध्याह्न–भोजन	चपाती	75 ग्राम (3)	51	9	–
	दाल	25 ग्राम (1 कटोरी)	15	5	–
	दही	100 ग्राम (1 कटोरी)	3	3	3
	सब्जी–अ	200 ग्राम (1 कटोरी)	3	1	–
	पाक वसा	5 ग्राम	–	–	5

भोजन	भोज्य पदार्थ	मात्रा (ग्राम)	कार्बोहाइड्रेट्स (ग्राम)	प्रोटीन (ग्राम)	वसा (ग्राम)
चाय	चाय 50 मिमी.	1 प्याला (200 मि.ली.)	2	1	1
	दूध	(200 मि.ली.)			
	200 मि.ली. दूध	1 प्याला	9	6	6
रात्रि–भोजन	चपाती	50 ग्राम (2)	34	6	0
	दाल	25 ग्राम (1 कटोरी)	15	5	–
	दही	125 ग्राम (1 कटोरी)	3	3	3
	सब्जी–ब	200 ग्राम (1 कटोरी)	7	2	–
	पाक वसा	5 ग्राम	–	5	–
			179	52	28

अनुमानित खाद्य पोषक तत्त्व—

कार्बोहाइड्रेट्स...............179

प्रोटीन.........................52

वसा...........................36

कैलोरी.......................1254

निम्नलिखित से परहेज करें

1. तली हुई खाद्य सामग्रियाँ
2. मिठाइयाँ
3. सूखे मेवे
4. फल एवं फलों का रस

1400 कैलोरी आहार के लिए

भोजन	भोज्य पदार्थ	मात्रा (ग्राम)	कार्बोहाइड्रेट्स (ग्राम)	प्रोटीन (ग्राम)	वसा (ग्राम)
जलपान	चाय (50 मि.ली. दूध)	1 प्याला (200 मि.ली.)	2	1	1
	दूध	1 प्याला (200 मि.ली.)	9	6	6
	पावरोटी	2 टुकड़े	26	4	–
मध्याह्न–भोजन	रोटी	75 ग्राम (3)	51	9	–
	सब्जी–अ	200 ग्राम (1 कटोरी)	3	1	–
	दही	100 ग्राम (1 कटोरी)	3	3	3
	दाल	25 ग्राम (1 कटोरी)	15	5	–
	पनीर	25 ग्राम	3	4	3
	पाक वसा	10 ग्राम	–	–	10
चाय	चाय 50 मि.ली. (दूध)	1 प्याला	2	1	1
	दूध	1 प्यारा (200 मि.ली.)	9	6	6

भोजन	भोज्य पदार्थ	मात्रा (ग्राम)	कार्बोहाइड्रेट्स (ग्राम)	प्रोटीन (ग्राम)	वसा (ग्राम)
रात्रि-भोजन	रोटी	75 ग्राम (3)	51	9	–
	सब्जी-ब	200 ग्राम (1 कटोरी)	7	2	–
	दही	100 ग्राम (1 कटोरी)	3	3	3
	दाल	25 ग्राम (1 कटोरी)	15	5	–
	पाक वसा	10 ग्राम	–	–	10
			199	59	43

अनुमानित खाद्य पोषक तत्त्व—

कार्बोहाइड्रेट्स...............199
प्रोटीन.........................59
वसा...........................43
कैलोरी.......................1419

निम्नलिखित से परहेज करें

1. तली हुई खाद्य सामग्रियाँ
2. मिठाइयाँ
3. सूखे मेवे
4. फल एवं फलों का रस

1600 कैलोरी आहार के लिए

भोजन	भोज्य पदार्थ	मात्रा (ग्राम)	कार्बोहाइड्रेट्स (ग्राम)	प्रोटीन (ग्राम)	वसा (ग्राम)
जलपान	चाय (50 मि.ली. दूध)	1 प्याला (200 मि.ली.)	2	1	1
	दूध	1 प्याला (200 मि.ली.)	9	6	6
	पावरोटी	2 टुकड़े	26	4	–
11.00 बजे	दूध	1 प्याला (200 मि.ली.)	9	6	6
मध्याह्न–भोजन	रोटी	75 ग्राम (3)	51	9	–
	सब्जी–अ	200 ग्राम (1 कटोरी)	3	1	–
	दही	100 ग्राम (1 कटोरी)	3	3	3
	दाल	25 ग्राम (2 कटोरी)	15	5	–
	पनीर	25 ग्राम	3	4	3
	पाक वसा	10 ग्राम	–	–	10
चाय	चाय	1 प्याला	2	1	1
	दूध	1 प्याला (200 मि.ली.)	9	6	6

भोजन	भोज्य पदार्थ	मात्रा (ग्राम)	कार्बोहाइड्रेट्स (ग्राम)	प्रोटीन (ग्राम)	वसा (ग्राम)
रात्रि-भोजन	रोटी	75 ग्राम (3)	51	9	–
	सब्जी–ब	200 ग्राम (1 कटोरी)	7	2	–
	दही	100 ग्राम (1 कटोरी)	3	3	3
	दाल	25 ग्राम (1 कटोरी)	15	5	–
	पाक वसा	10 ग्राम	–	–	–
शयनकाल	दूध	1 प्याला (200 मि.ली.)	9	6	6
			217	71	55

अनुमानित खाद्य पोषक तत्त्व—

कार्बोहाइड्रेट्स...............217

प्रोटीन.........................71

वसा...........................55

कैलोरी.......................1647

निम्नलिखित से परहेज करें

1. तली हुई खाद्य सामग्रियाँ
2. मिठाइयाँ
3. सूखे मेवे
4. फल एवं फलों का रस

आवश्यकतानुसार ले सकते हैं—1. सलाद, 2. शोरबा।

1800 कैलोरी आहार के लिए

भोजन	भोज्य पदार्थ	मात्रा (ग्राम)	कार्बोहाइड्रेट्स (ग्राम)	प्रोटीन (ग्राम)	वसा (ग्राम)
जलपान	चाय (50 मि.ली. दूध)	1 प्याला (200 मि.ली.)	2	1	1
	दूध	1 प्याला (200 मि.ली.)	9	6	6
	पावरोटी	2 टुकड़े	26	4	–
	अंडा	1	–	6	6
11.00 बजे	दूध	1 प्याला	9	6	6
मध्याह्न-भोजन	रोटी	100 ग्राम (4)	68	12	–
	सब्जी–अ	200 ग्राम (1 कटोरी)	3	1	–
	दही	100 ग्राम (1 कटोरी)	3	3	3
	दाल	25 ग्राम (1 कटोरी)	15	5	–
	पनीर	25 ग्राम	3	4	3
	पाक वसा	10 ग्राम	–	–	10
चाय	चाय 50 मिली. (दूध)	1 प्याला (200 मि.ली.)	2	1	1
दूध		1 प्याला (200 मि.ली.)	9	6	6

भोजन	भोज्य पदार्थ	मात्रा (ग्राम)	कार्बोहाइड्रेट्स (ग्राम)	प्रोटीन (ग्राम)	वसा (ग्राम)
रात्रि	रोटी	75 ग्राम (3)	51	9	–
	सब्जी–ब	200 ग्राम (1 कटोरी)	7	2	–
	दही	100 ग्राम (1 कटोरी)	3	3	3
	दाल	25 ग्राम (1 कटोरी)	15	5	–
	पाक वसा	10 ग्राम	–	–	10
शयनकाल	दूध	1 प्याला (200 मि.ली.)	9	6	6
			234	80	61

अनुमानित खाद्य पोषक तत्त्व—

कार्बोहाइड्रेट्स..............234 ग्राम

प्रोटीन........................80 ग्राम

वसा..........................61 ग्राम

कैलोरी......................1805 ग्राम

निम्नलिखित से परहेज करें

1. तली हुई खाद्य सामग्रियाँ
2. मिठाइयाँ
3. सूखे मेवे
4. फल एवं फलों का रस

आवश्यकतानुसार ले सकते हैं—1. सलाद, 2. शोरबा।

2000 कैलोरी आहार के लिए

भोजन	भोज्य पदार्थ	मात्रा (ग्राम)	कार्बोहाइड्रेट्स (ग्राम)	प्रोटीन (ग्राम)	वसा (ग्राम)
जलपान	चाय (50 मि.ली. दूध)	1 प्याला (200 मि.ली.)	2	1	1
	दूध	1 प्याला (200 मि.ली.)	9	6	6
	मक्खन	10 ग्राम	–	–	8
	पावरोटी	2 टुकड़े	26	4	–
	अंडा	1	–	6	6
11.00 बजे	दूध	1 प्याला (200 मि.ली.)	9	6	6
मध्याह्न-भोजन	रोटी	100 ग्राम (4)	68	12	–
	सब्जी–अ	200 ग्राम (1 कटोरी)	3	1	–
	दही	100 ग्राम (1 कटोरी)	3	3	3
	दाल	25 ग्राम (1 कटोरी)	15	5	–
	पनीर	25 ग्राम	3	4	3
	पाक वसा	10 ग्राम	–	–	10

भोजन	भोज्य पदार्थ	मात्रा (ग्राम)	कार्बोहाइड्रेट्स (ग्राम)	प्रोटीन (ग्राम)	वसा (ग्राम)
रात्रि-भोजन	रोटी	100 ग्राम (4)	65	12	–
	सब्जी-ब	200 ग्राम (1 कटोरी)	7	2	–
	दही	100 ग्राम (1 कटोरी)	3	3	3
	दाल	25 ग्राम (1 कटोरी)	15	5	–
	पाक वसा	10 ग्राम	–	–	10
शयनकाल	दूध	1 प्याला	9	6	6
			260	84	69

अनुमानित खाद्य पोषक तत्त्व—

कार्बोहाइड्रेट्स..............260 ग्राम

प्रोटीन.........................84 ग्राम

वसा...........................69 ग्राम

कैलोरी.......................1997 ग्राम

निम्नलिखित से परहेज करें

1. तली हुई खाद्य सामग्रियाँ
2. मिठाइयाँ
3. सूखे मेवे
4. फल एवं फलों का रस

आवश्यकतानुसार ले सकते हैं—1. सलाद, 2. शोरबा।

निम्न ट्राइग्लिराइड आहार

यह आहार अति रेशेदार होता है तथा इसमें परिष्कृत कार्बोहाइड्रेट्स, वसा और शर्करा की मात्रा कम रहती है।

1. खाद्य तेल की मात्रा—5–10 ग्राम प्रतिदिन सीमित होनी चाहिए। सफोला, सूर्यमुखी या किसी अनाज या सोयाबीन का तेल उपयोग करें।
2. पराँठा, पूरी, समोसा, दालमोठ, मठरी एवं अन्य समस्त प्रकार की तली हुई खाद्य सामग्रियों से परहेज करें।
3. चीनी, गुड़, जैम, मधु, रस, चॉकलेट, कंद-मूल जैसे संसाधित कार्बोहाइड्रेट्स तथा पावरोटी और बिस्कुट जैसी मैदा से बनी चीजों, उबाले हुए सफेद चावल, साबूदाना, नूडल्स, मैकरोनी आदि से परहेज करें।
4. सादा सोडा के अतिरिक्त समस्त वातित पेयों और अल्कोहल से अपने को बचाएँ।
5. शुद्ध दूध (होल मिल्क) तथा शुद्ध दूध से तैयार किए गए पनीर एवं पुडिंग जैसी चीजों से परहेज करें।
6. मक्खन, मलाई, आइसक्रीम एवं मलाई से बनी अन्य खाद्य सामग्रियों से परहेज करें।
7. सूअर एवं भेड़-बकरे के माँस से बनी समस्त सामग्रियों से दूर रहें। चर्बीरहित चूजे एवं मछली का उपयोग कर सकते हैं।
8. सभी प्रकार के सूखे मेवों एवं गिरीदर फलों से परहेज करें।
9. छिलकायुक्त अनाज, जैसे—चोकरयुक्त गेहूँ का आटा और छिलकायुक्त दाल आदि उपयोग में लाएँ। छिलकायुक्त गेहूँ के साथ बंगाली चने का आटा 3 : 2 के अनुपात में मिलाएँ। चालना उचित नहीं है।
10. चावल के साथ छिलकायुक्त अनाज को 1-1 के अनुपात में मिलाएँ। अधिक रेशेदार आहार 18-20 ग्राम प्रतिदिन (प्रत्येक 15 ग्राम

कार्बोहाइड्रेट्स के साथ 1 ग्राम रेशेदार खाद्य वस्तु)। छिलकायुक्त अनाज, सब्जियाँ और फल रेशेदार आहार के प्रधान स्रोत हैं।

छिलकायुक्त गेहूँ का दलिया, बिना छाने हुए गेहूँ के आटे की रोटी, छिलकायुक्त दालें और अनाज, छीमीदार (फलीदार) तथा अन्य सब्जियों को दैनिक आहार में शामिल करना चाहिए। मैदा, साबूदाना और मिल में कूटे गए चावल जैसी परिष्कृत खाद्य सामग्रियों के उपयोग से यथासंभव बचना चाहिए।

भारतीय खाद्य वस्तुओं में रेशे की मात्रा

प्रति 100 ग्राम खाद्य अंश में रेशा (ग्राम में)

अनाज—खाद्य सामग्री	**ग्राम**
(बक व्हीट) कूटू	8.6
ओटमील	3.5
रागी	3.6
चावल की भूसी	4.3
गेहूँ का आटा (बिना छाना हुआ)	1.9
दालें एवं फलियाँ—	
छिलकायुक्त दाल	3.5
पत्तेदार सब्जियाँ	1.2
अन्य सब्जियाँ—	
करैला	1.7
बाकला	2.0
अंजीर	6.4
कमल का डंठल, शुष्क	25.0
गिरीदार फल एवं तिलहन—	
नारियल गिरी	6.6
मूँगफली	3.1

फल—	
सेब	1.0
खजूर (सूखे हुए)	3.9
अमरूद	5.2
नीबू	1.7
अनार	5.1

□

उच्च एच.डी.एल. आहार

वजन घटानेवाले, निम्न कोलेस्टेरॉल आहार, जिनमें कोलेस्टेरॉल की मात्रा 20 प्रतिशत के स्तर से अधिक नहीं होती।

खाद्य सामग्रियों में (प्रति 100 ग्राम) कोलेस्टेरॉल की मात्रा

खाद्य सामग्री	कोलेस्टेरॉल की मात्रा मि.ग्रा. में प्रति 100 ग्रा.	वर्जित खाद्य सामग्री	कोलेस्टेरॉल की मात्रा मि.ग्रा. में प्रति 100 ग्रा.
अनाज—			
गेहूँ, चावल, ज्वार, रागी	0		–
दूध और दूध से बनी चीजें—			
टोंड दूध (8 प्रतिशत वसा)	9.0	शुद्ध दूध	24
वसारहित दूध (1 प्रतिशत वसा)	3.0	पनीर	= 100
टोंड दूध से घर में तैयार किया गया पनीर	30.0		
दही (2 प्रतिशत वसा)	6.0		
मांस और मांस से बनी चीजें—			
बिना चर्बीवाला मांस	65.0	मस्तिष्क	2000
छोटा मुरगा	60.0	यकृत	300
मछली	70.0	कस्तूरा	50

अंडा	0	झींगा	50
		मीठी पावरोटी	250
अप्रतिबंधित खाद्य सामग्रियाँ—			
काला चना	0	समुद्री झींगा (lopster)	200
हरा चना	0	अंडे की जर्दी	1500
राजमा	0		
बंगाली चना	0	मक्खन	250
सोयाबीन	0	घी	300
सभी प्रकार की सब्जियाँ	0	मलाई	62
वसा—			
सफोला	0		
मूँगफली	0		

*निम्न प्यूरीन आहार

(पूरे दिन भर में लिया जानेवाला आहर)

खाद्य सामग्री	मात्रा	घरेलू माप
दूध (टोंड या वसारहित)	500 मि.ली.	2 गिलास
पनीर	50 ग्राम	2 टुकड़े
दही	250 ग्राम	1 प्याला
पावरोटी/अनाज	50 ग्राम	2 टुकड़े या 1 प्याला दलिया या कॉर्नफ्लैक्स
आटा/चावल	150 ग्राम	6 मध्यम आकार की चपाती
मौसमी सब्जी	250 ग्राम	1 प्याला पकी हुई
कंदी सब्जी	50 ग्राम	3/4 प्याला पकी हुई

पाक तेल	15 ग्राम	3/4 चम्मच
फल	200 ग्राम	2 मध्यम आकार के
अनुमानित भोज्य तत्त्व—		
चीनी	10 ग्राम	सोडियम 681 मि.ग्रा.
कार्बोहाइड्रेट्स	230 ग्राम	पोटेशियम 2219 मि.ग्रा.
प्रोटीन	50 ग्राम	
वसा	49 ग्राम	2 चम्मच (चाय के चम्मच से)

वर्जनीय आहार—

1. सभी प्रकार के ग्लैंडुलर मांस, यकृत, गुरदा, मस्तिष्क, मीठी पावरोटी, आदि।
2. समुद्री मछली।
3. सूखे मेवे और गिरीदार फल, जैसे—बादाम, अखरोट, काजू आदि।
4. सभी प्रकार की दालें।
5. मादक पेय।

---

* रक्त-यूरिक एसिड के उच्च स्तरवाले लोगों तथा गठिया के रोगियों के लिए उपयुक्त।

यदि कैलोरी संबंधी प्रतिबंध न हो तो इच्छानुसार लेने योग्य खाद्य सामग्रियाँ—

1. पावरोटी, गेहूँ, आटा, चावल, साबूदाना आदि।
2. दूध और दूध से बने खाद्य पदार्थ आदि।
3. पालक एवं फली सब्जियों को छोड़कर अन्य सभी प्रकार की मौसमी सब्जियाँ आदि।
4. सभी प्रकार के मौसमी ताजे फल आदि।

40 ग्राम प्रोटीन आहार*

पूरे 24 घंटे में ग्रहण करने हेतु अनुमति

दूध	240 मि.ली.
दही	125 ग्राम
अंडा	1
या मांस, मछली, चूजा	25 ग्राम
या पनीर	25 ग्राम
या दूध	150 ग्राम
आटा या चावल	100 ग्राम
पावरोटी या अनाज	50 ग्राम
तीखुर का आटा	50 ग्राम
आलू	100 ग्राम
मौसमी सब्जियाँ	250 ग्राम
साबूदाना	50 ग्राम
अरारोट बिस्कुट	2-3 संख्या
लवणरहित मक्खन	25 ग्राम, 5 चम्मच चायवाले
घी या परिष्कृत तेल	25 ग्राम, 5 चम्मच चायवाले
फल	2 (200 ग्राम)

अनुमानित भोज्य-तत्त्व

कार्बोहाइड्रेट्स	364 ग्राम	कैलोरी	2192
प्रोटीन	42 ग्राम	सोडियम	513 मि.ग्रा.
वसा	63 ग्राम	पोटैशियम	1587 मि.ग्रा.

वर्जित खाद्य पदार्थ—

1. अतिरिक्त दूध या दूध से बनी चीजें।

---

* उच्च रक्त-यूरिया तथा गुर्दे की बीमारीवाले रोगियों के लिए।

2. मांस, मछली, मुरगा और अंडा आदि।
3. सूखे मेवे, बादाम, मूँगफली, काजू, अखरोट आदि।
4. दाल, अनाज, फली, मटर, छीमीदार (फलीदार) सब्जियाँ।
5. केक, बिस्कुट, जैम और जेली।
6. कोला, बोतलबंद शरबत, नीबू आदि।
7. फलों का रस।

20 ग्राम प्रोटीन आहार*

24 घंटे के अंदर ग्रहण करने हेतु अनुमति—

दूध	120 मि.ली., आधा पाव
दही	120 ग्राम, आधा पाव
आटा या चावल	75 ग्राम
पावरोटी या अनाज	25 ग्राम
तीखुर का आटा	50 ग्राम
आलू	50 ग्राम
मौसमी सब्जियाँ	125 ग्राम
साबूदाना	50 से 100 ग्राम
अरारोट बिस्कुट	2-3
लवणरहित मक्खन	25 ग्राम
पाक वसा/परिष्कृत तेल	25 ग्राम

अनुमानित भोज्य-तत्त्व

कार्बोहाइड्रेट्स	394 ग्राम	कैलोरी	2155
प्रोटीन	21 ग्राम	सोडियम	235 ग्राम
वसा	55 ग्राम	पोटैशियम	689 ग्राम

* गुर्दा-पात के रोगियों के लिए।

वर्जित खाद्य पदार्थ—

1. अतिरिक्त दूध या दूध से बनी चजें।
2. मांस, मछली, मुरगा और अंडा आदि।
3. सूखे मेवे, बादाम, मूँगफली, काजू, अखरोट आदि।
4. दाल, अनाज, फली, मटर, छीमीदार सब्जियाँ।
5. केक, बिस्कुट जैम और जेली।
6. कोला, बोतलबंद शरबत, नीबू आदि।
7. फलों का रस।

उच्च (100 मि. ग्राम % से अधिक) पोटैशियम युक्त सामग्रियाँ

फल	सब्जियाँ	सूखे मेवे
आँवला	कटहल	बादाम
मौसमी	सीताफल	किशमिश
आम	टमाटर	खजूर
खरबूज	पत्तीदार सब्जियाँ	सूखी खूबानी
चीकू	बंदगोभी	
तरबूज	अरवी	
खूबानी	आलू	
नीबू	शकरकंद	
आड़ू	रतालू	
	करैला	
	बैंगन	
	फूलगोभी	
	कद्दू (लौकी)	
	शलजम	
	गाजर	
	फलीदार सब्जियाँ	

विभिन्न खाद्य सामग्रियों में सोडियम की मात्रा

खाद्य सामग्री	औसत अंश या वजन	सोडियम की मात्रा
अन्न या अन्न से बनी खाद्य सामग्रियाँ		
(1) मिल का चावल (उबला)	1 प्याला (3 चमच)	1
(2) गेहूँ का आटा	100 ग्राम, एक चपाती (30 ग्राम)	20
(3) मैदा	100 ग्राम	9
(4) बाजरा	1 चपाती (30 ग्राम)	3
(5) ज्वार	1 चपाती (30 ग्राम)	2
(6) मक्का	1 चपाती (30 ग्राम)	5
(7) पावरोटी (सफेद)	100 ग्राम	385
(8) राई रोटी	100 ग्राम	220
(9) ब्रेडरोल्स	100 ग्राम	486
(10) नूडल्स	100 ग्राम	7
(11) कॉर्नफ्लैक्स	1 प्याला (25 ग्राम)	165
(12) दलिया	1 प्याला (236 ग्राम)	1
अंडा, मांस, मुरगा-मुरगी		
(1) मुरगा उबाला हुआ	100 ग्राम (हड्डी समेत)	64
(2) मुरगा रोस्टेड	100 ग्राम	80
(3) मुरगी का अंडा उबाला	1 (मध्यम आकार का)	39
(4) गुर्दा (तला हुआ)	50 ग्राम	130
(5) जिगर (टुकड़े तले हुए)	50 ग्राम	46
(6) भेड़-बकरी का मांस (तला हुआ)	50 ग्राम	58
(7) भेड़-बकरी का मांस (भुना हुआ, रोस्टेड)	100 ग्राम	61

(8) केकड़ा (उबाला हुआ)	100 ग्राम	366
(9) समुद्री झींगा-1 (उबाला हुआ)	334 ग्राम	210
(10) मछली (मैकेरेल)	100 ग्राम	112
(11) साल्मन (भाप से पकी)	100 ग्राम	107

फल

(1) सेब	1 (मध्यम आकार का)	14
(2) केला	1 (मध्यम आकार का)	1
(3) शरीफा	100 ग्राम	14
(4) मीठा नीबू	1 (मध्यम आकार का)	अत्यल्प मात्रा
(5) नारंगी	1 (मध्यम आकार का)	अत्यल्प मात्रा
(6) सतालू	100 ग्राम	2
(10) पपीता	1/2 (100 ग्राम)	6

दूध और दूध से बनी सामग्रियाँ

(1) भैंस का दूध	1 प्याला (200 ग्राम)	38
(2) मलाईरहित दूध का पाउडर	1 बड़ा चम्मच (7 ग्राम)	42
(3) घर में तैयार पनीर	1 टुकड़ा	81

दालें और छीमीवाली सब्जियाँ

(1) चना दाल	1 प्याली (पतली) 30 ग्राम सूखी	22
(2) उड़द दाल	1 प्याली (पतली) 30 ग्राम सूखी	12
(3) मूँग दाल	1 प्याली (पतली) 30 ग्राम सूखी	8
(4) मसूर दाल	1 प्याली (पतली) 30 ग्राम सूखी	12
(5) अरहर दाल	1 प्याली (पतली) 30 ग्राम सूखी	9
(6) पकाई हुई छीमीदार सब्जियाँ	100 ग्राम	591

सब्जियाँ

(1) पालक	100 ग्राम	230
(2) बंदगोभी (कच्ची)	50 ग्राम	5
(3) गाजर (कच्ची)	1 बड़ी	31
(4) फूलगोभी (उबाली)	100 ग्राम	11
(5) भिंडी (कच्ची)	100 ग्राम	7
(6) प्याज (कच्चा)	100 ग्राम	10
(7) हरा मटर (कच्चा)	100 ग्राम	8
(8) आलू (पुराना, उबला)	100 ग्राम	3

1. 100 मिग्रा. साधारण नमक में 40 मि.ग्रा. सोडियम रहता है।
2. एक छोटा चम्मच नमक में 240 मि.ग्रा. सोडियम रहता है।
3. एक सामान्य स्वास्थ्यवाले वयस्क के आहार के लिए सोडियम की निरापद और पर्याप्त अनुमानित मात्रा 1100 से 3300 मि.ग्रा. प्रतिदिन है। (लगभग 3 से 8 ग्राम साधारण नमक प्रतिदिन)
4. अज्ञात हेतुक उच्च रक्तचापग्रस्त व्यक्ति के दैनिक आहार के लिए सोडियम की मात्रा 2000 मि.ग्रा. (अर्थात् 5000 मि.ग्रा. साधारण नमक प्रतिदिन) हो। अत: दैनिक आहार को तदनुसार समायोजन करना चाहिए।
5. मशीन द्वारा संसाधित खाद्य सामग्रियों में सोडियम की मात्रा अधिक रहती है, जैसे—डिब्बाबंद रस, पनीर, बिस्कुट, अनाज, कॉर्नफ्लैक्स, मसाले और चटनियाँ, जैसे—सरसों की या अन्य केचअप आदि। घर पर संसाधित खाद्य सामग्रियों को तैयार करते समय उनके संघटकों में निहित प्राकृतिक सोडियम के अतिरिक्त अलग से साधारण नमक डालने की अनुमति अवश्य मिलनी चाहिए। पेयों एवं खनिज जलों में सोडियम और पोटैशियम की सांद्रता रह सकती है।

उच्च सोडियम युक्त सामाग्रियाँ

वर्जनीय खाद्य सामग्रियाँ—

1. समस्त परिरक्षित, डिब्बाबंद एवं बोतलबंद खाद्य पदार्थ।
2. अचार तथा चटनियाँ।
3. संसाधित पनीर।
4. केचअप एवं समुद्री मछली।
5. नमकीन भुजिया, नमकीन बिस्कुट।
6. पेस्ट्री, केक, आइसक्रीम आदि।
7. चौलाई, कमल से बनी खाद्य वस्तुएँ।
8. लीची और तरबूज।
9. खनिज जल।

अति आहार से बचें

सांद्र एवं तनु पेय के कैलोरी मूल्य

सामग्रीयाँ	मात्रा	कार्बोहाइड्रेट्स	अल्कोहल	कैल्सियम
			ग्राम	ग्राम
बियर	25 मि.ली. (1 गिलास)	13	14	122
ब्रांडी	30 मि.ली. (1 पेग)	–	14	98
मदिरा (जिन)	30 मि.ली. (1 पेग)	–	12	84
शराब (रम)	30 मि.ली. (1 पेग)	–	14	98
व्हिस्की स्कॉच	30 मि.ली. (1 पेग)	–	13	91
कोका-कोला	1 बोतल	21	–	84
फैंटा	1 बोतल	21	–	84
लिम्का	1 बोतल	21	–	84
शैंपेन	100 मि.ली.	2	10	78
लाल शराब	(3 औंस) 100 मि.ली.	3	10	82
श्वेत शराब	(3 औंस) 100 मि.ली.	3	9	75
शैरी	(1 औंस) 30 मि.ली.	2	5	43
पोर्ट	(3 औंस) 30 मि.ली.	4	5	51
सोडा	1 बोतल	–	–	–

विभिन्न क्रिया-कलापों में शक्ति का अनुमानित व्यय (कैलोरी प्रति मिनट)

क्रिया-कलाप	कैलोरी प्रति मिनट
शयन	1.5
वस्त्र पहनना और उतारना	3
प्रक्षालन और स्नान	3
समतल जमीन पर टहलना	
3 किमी. प्रति घंटा	3

4 किमी. प्रति घंटा	4
5 किमी. प्रति घंटा	5
समतल जीमन पर दौड़ना-16 किमी. प्रति घंटा	20
कार चलाना	2
घुड़सवारी	8
साइकिल चलाना—20 किमी. प्रति घंटा	10
नृत्य	7
बागवानी	6
वॉलीबॉल	8
गोल्फ	5
टेनिस	8
फुटबॉल	9
तैराकी	8
स्क्वैश	15
स्कीइंग	18
सिलाई-बुनाई	2
फर्श की सफाई	5

भारतीय पुरुषों और स्त्रियों की मानक ऊँचाई और वजन

ऊँचाई	पुरुष कि.ग्रा.	पुरुष पौंड	स्त्री कि.ग्रा.	स्त्री पौंड
1.523 मी. (5'–0'')	–	–	50.6–54.4	112–120
1.548 मी. (5'–1'')	–	–	51.7–55.3	114–122
1.5738 मी. (5'–2'')	56.3–60.3	124–133	53.1–56.7	117–125
1.5929 मी. (5'–3'')	57.6–61.7	127–136	54.4–58.1	120–128
1.6246 मी. (5'–4'')	58.9–63.5	130–140	56.3–59.9	124–132
1.65 मी. (5'–5'')	60.8–65.3	134–144	57.6–61.2	127–135
1.6754 मी. (5'–6'')	62.2–66.7	137–147	58.9–63.5	130–140
1.7008 मी. (5'–7'')	64.0–68.5	141–151	60.8–65.3	134–144
1.7262 मी. (5'–8'')	65.8–70.8	145–156	62.2–66.7	137–147
1.7516 मी. (5'–9'')	67.6–72.6	149–160	64.0–68.5	141–151
1.7770 मी. (5'–10'')	69.4–74.4	153–164	65.8–70.3	145–155
1.8024 मी. (5'–11'')	71.2–76.2	157–168	67.1–71.7	148–158

ऊँचाई	पुरुष कि.ग्रा.	पुरुष पौंड	स्त्री कि.ग्रा.	स्त्री पौंड
1.8278 मी. (6'–0'')	73.0–78.5	161–173	68.5–83.9	151–163
1.8532 मी. (6'–1'')	75.3–80.7	166–178	–	–
1.8786 मी. (6'–2'')	77.6–83.5	171–184	–	–
1.9040 मी. (6'–3'')	79.8–85.7	176–189	–	–

□

सम्मतियाँ

1

हृदय रोग अब पूर्व की तरह प्रतिष्ठा के लोकप्रिय प्रतीक नहीं रह गए हैं। अब तो वे विश्वव्यापी घातक बीमारियों का रूप ले चुके हैं, जिनकी चपेट में तनावयुक्त नगरों के संपन्न एवं आभिजात्य वर्गों के साथ-साथ हमारे देश के गाँवों में रहनेवाले गरीब तथा अभावग्रस्त लोग भी आ गए हैं। हमारे गाँव भी पहले की तरह पूर्णत: तनावमुक्त नहीं रह गए हैं। अत: अपने देश के नागरिकों की स्वास्थ्य-रक्षा हेतु इन रोगों के कारणों तथा उनकी रोकथाम के पूर्वोपायों का व्यापक ज्ञान सर्वाधिक महत्त्वपूर्ण है। दिल के दौरों का जन्म संबद्ध लोगों की जीवन-पद्धति, कार्य की परिस्थितियों, आहार संबंधी आदतों तथा भावनात्मक संवेदनशीलता आदि से होता है। अत: इस समस्या के समाधान के लिए निरोधक तरीके ही सर्वाधिक प्रभावशाली उपाय हैं।

इस पुस्तक में डॉ. हरवंश सिंह वसीर ने समस्या के मुख्यत: निरोधक पहलुओं पर विचार करने के संदर्भ में एक हृदय रोग विशेषज्ञ की सुविज्ञता तथा एक शय्या-पार्श्व में बैठे आश्वस्तकर पारिवारिक चिकित्सक के व्यवहार का समन्वय प्रस्तुत किया है। चिकित्साशास्त्र एवं जनस्वास्थ्य के अत्यधिक महत्त्वपूर्ण क्षेत्र से संबद्ध विज्ञान को लोकप्रिय बनाने की दिशा में उनका यह प्रयास अति प्रशंसनीय है। इसके माध्यम से लोगों के साथ एक आत्मीयतापूर्ण संवाद स्थापित किया गया है। इस पुस्तक से वैसे सामान्य लोग अत्यधिक लाभान्वित होंगे, जिनके लिए हृदय से संबंधित बीमारियाँ अभी भी अबोधगम्य

रहस्य बनी गई हैं। इसमें एक सामान्य रोग से संबद्ध जटिल तथ्यों का सुगम एवं बोधगम्य विश्लेषण प्रस्तुत किया गया है। इस दृष्टि से चिकित्सा व्यवसाय में संलग्न लोगों के लिए यह एक उपयोगी उदाहरण सिद्ध होगा।

—के.आर. नारायणन

भूतपूर्व कुलपति, जवाहरलाल नेहरू विश्वविद्यालय।
राजनयिक एवं राज्यमंत्री,
विज्ञान एवं तकनीकी विभाग,
भारत सरकार

~ 2 ~

दिल्ली निवासी महान् उर्दू कवि मिर्जा गालिब ने एक बार लिखा, "सरल होना कितना सरल है, पर मानव भी मानवीय होने में कठिनाई का अनुभव करता है।" वैज्ञानिक तथ्यों, सिद्धांतों और नियमों को लोगों तक संप्रेषित करने की कला आज भी एक चुनौती बनी हुई है। आधुनिक काल में वैज्ञानिक ज्ञान के साथ-साथ चिकित्सकीय ज्ञान के क्षेत्र में हो रहे विस्फोटक विकास ने इस कार्य को और अधिक कठिन बना दिया है। अपने रोगियों तथा सामान्य लोगों के समक्ष स्वास्थ्य एवं रोगों के घटना-क्रिया विज्ञान का विश्लेषण प्रस्तुत करने में अपनी असमर्थता तथा अज्ञानता के लिए चिकित्सक समाज बदनाम रहा है।

प्रो. हरवंश सिंह वसीर हृद्वाहिका रोगों से संबंधित विज्ञान में पैठ रखते हैं तथा इस क्षेत्र के अग्रगण्य सुप्रशिक्षित विशेषज्ञों में से एक हैं। उन्होंने 'हार्ट की देखभाल' नामक इस उत्कृष्ट पठनीय पुस्तक की रचना करके मानवता की महान् सेवा की है। इसके द्वारा उन्होंने अभिव्यक्ति की अपनी सशक्त क्षमता तथा दिल के दौरों की बहुकारकीय प्रकृति एवं उनके समग्रतापूर्ण निदान की आवश्यकता से संबद्ध अपने गहन विशिष्ट ज्ञान को प्रदर्शित किया है। आधुनिक चिकित्सा विज्ञान के विकास क्रम में निरोध और उपचार अपनी यात्रा में समानांतर रूप से आगे बढ़े हैं। इस पुस्तक में प्रो. वसीर ने निरोध के महत्त्व को उजागर किया है तथा उपचार से इसका संबंध स्थापित किया है। ऐसा कहते हुए वे जैव-चिकित्सा विज्ञान के अपने विशिष्ट ज्ञान को आधार बनाते हैं तथा इस बात की भी खोज करते हैं कि योग, आयुर्वेद

तथा अन्य भारतीय पद्धतियाँ इस क्षेत्र में क्या योगदान प्रदान कर सकती हैं। वे इस प्रकार के प्रश्न प्रस्तुत करते हैं, "शारीरिक क्रिया-कलाप से हृदय की रक्षा किस प्रकार होती है?" "हृदय अन्यत्र हो रहे उपद्रवों या व्यतिक्रमों का प्रेरक है या लक्ष्य?" "वक्ष वेदना और लुप्तहृद धड़कनों के क्या कारण हैं?" "आचार-व्यवहार, जीवन-पद्धतियों तथा अन्य अनेक कारकों की क्या भूमिका हैं?" फिर भी वे तथ्यों को एक सीमा से आगे अतिरंजित करके उनका अतिसरलीकरण भी नहीं करते हैं।

इन सबों का परिणाम है हृदय की सुरक्षा से संबंधित कला और विज्ञान का का सुंदर समन्वय।

—वी. रामालिंगस्वामी

कार्यपालक निदेशक, यूनिसेफ के विशेष परामर्शी और सहायक प्रोफेसर, अंतरराष्ट्रीय स्वास्थ्य नीति, स्वास्थ्य विद्यालय, हार्वार्ड, भूतपूर्व निदेशक, अखिल भारतीय आयुर्विज्ञान संस्थान, नई दिल्ली तथा भूतपूर्व महानिदेशक, भारतीय चिकित्सा शोध परिषद्, नई दिल्ली

3

डॉ. वसीर की इस पुस्तक को पढ़ते समय मुझे एक प्राचीन रचना के सुंदर ग्रंथ की याद आती है। उसमें मानव शरीर-रचना विज्ञान का वर्णन अति काव्यात्मक शैली में किया गया था, जो पाठक की कल्पना को अव्यक्त ब्रह्मांडीय शक्तियों के द्वार तक पहुँचा देता था।

यह कहानी 'ऐतरेय उपनिषद' के एक स्थल में है, जहाँ ईश्वर ने देवताओं की सृष्टि की तथा उन्हें पृथ्वी पर भेजा। उन्हें अपने निवास के लिए अपनी प्रतिष्ठा के अनुरूप उपयुक्त स्थानों की आवश्यकता थी। उन्हें अपने अस्तित्व की रक्षा के लिए आहार की आवश्यकता थी। अत: वे ईश्वर के पास वापस लौट आए तथा अपनी समस्याओं को उनके समक्ष रखा। ईश्वर ने पृथ्वी की तरफ देखा तथा मनुष्य की ओर निर्दिष्ट करते हुए देवताओं से कहा, "आप लोग अपनी अवस्था या स्थिति के अनुसार मानव शरीर में अपना-अपना स्थान ढूँढ़ लीजिए।" ईश्वर के आदेश का पालन करते हुए अग्नि वाणी में रूपांतरित होकर मनुष्य के मुख में प्रविष्ट हो गई। वायु देवता मनुष्य की श्वास बन गए। इसी प्रकार सूर्यदेव ने मानव नेत्रों को अपना निवास स्थान बनाया। दिशाओं के देवता कानों में प्रविष्ट हुए तथा प्रकृति के देवता समस्त रोमकूपों में व्याप्त हो गए। चंद्रदेव ने अपने निवास के लिए मानव-हृदय का चयन किया।

देवगण वास्तव में ब्रह्मांडीय तत्त्व हैं। अत: उचित प्रकार के आहार से वे शक्तिशाली बनते हैं। इसका तात्पर्य यह है कि उपयुक्त आहार से मानव शरीर में देवता जाग्रत् होते हैं और अनुपयुक्त आहार से ये तत्त्व दुर्बल होते

हैं एवं देवगण मूर्च्छित हो जाते हैं।

वैदिक विश्लेषणों में विज्ञान और आध्यात्मिकता को सदैव साथ-साथ प्रस्तुत किया गया है और यही शक्ति मानव जाति के मानस में शताब्दियों तक बनी रही है।

एक समय आया, जब ये शक्तियाँ एक-दूसरे से विलग हो गईं। विज्ञान मानव शरीर के विषय में शोध या अन्वेषण करने लगा, जबकि आध्यात्मिकता का संबंध केवल आत्मा से रह गया। इन अस्तित्वों को पृथक्-पृथक् मानने से ये दोनों प्रकार के अन्वेषण अपने आपमें अधूरे रह गए।

इस अवधि में, जब नकारात्मक शक्तियाँ प्रभावी हो गई हैं, मुझे डॉ. वसीर की पुस्तक पढ़ने को मिली। वे लिखते हैं, ''हृदय इस अर्थ में निश्चय ही एक बहुत अधिक सशक्त अंग है कि यह वर्षों तक अविराम धड़कता रहता है। फिर भी यह इतना कमजोर है कि कठोर श्रम से नहीं वरन् दृष्टि एवं शब्दों के हलके आघात से ही टूट जाता है।'' मैं अनुभव करती हूँ कि यह एक सुंदर संकेत है, जो मन और पदार्थ, शरीर और आत्मा का मिलन स्थान हो सकता है।

जब डॉ. वसीर विज्ञान और आध्यात्मिकता के संगम पर खड़े होकर दिल के दौरों की रोकथाम की चर्चा करते हैं तो वे मनुष्य की जीवन-पद्धति पर बल देते हैं। ऐसा लगता है कि उनका चिंतन उस स्थान से संबद्ध है, जिसे चंद्रदेव ने अपना निवास स्थान बनाया था।

—अमृता प्रीतम

4

23 सितंबर, 1988

विवृत हृदय-शल्य कर्म पर हाल में एक दूरदर्शन कार्यक्रम द्वारा मानव हृदय के क्रिया-कलापों के संबंध में एक उत्तम अंतर्दृष्टि प्रस्तुत की गई थी। इसमें एक सामान्य व्यक्ति यह स्वयं देख सकता था कि मानव शरीर के केंद्र में स्थित यह अंग किस प्रकार अनवरत कार्यरत रहता है। यह मानव शरीररूपी साम्राज्य की दूरस्थ परिधियों या स्तरों तक बिना रुके और आराम किए निश्चित रूप से रक्त संचरण करने का कार्य करता रहता है। इस कार्य को संपादित करते हुए यह शरीर को सक्रिय अवस्था में भी रखता है। डॉ. एच.एस. वसीर के इस उत्कृष्ट साहित्यिक ग्रंथ का केंद्रबिंदु है—मानव शरीर के इस महत्त्वपूर्ण अंग की समुचित देखभाल एवं उचित उपयोग। यदि हृदय ठीक-ठीक कार्य नहीं करता है तो इसके निश्चित कारण हो सकते हैं। ऐसे कारणों में समुचित देखभाल का अभाव, दैनिक उपेक्षा, खोखले व्यक्तिगत मूल्य या मान्यताएँ एवं अपर्याप्त सामाजिक अंतरक्रियाएँ आदि आती हैं। एक हृदय रोग विशेषज्ञ के रूप में डॉ. वसीर की दक्षता उनके दीर्घकालीन अनुभव पर आधारित है। मानवीय अज्ञान के प्रति उनके मन में गहरी संवेदना है। अपनी इन विशेषताओं के आधार पर वे हमें परामर्श देते हैं कि हम हृदय का दुरुपयोग रोक सकते हैं तथा उसे आवश्यक एवं सजग देखभाल प्रदान कर सकते हैं। प्रस्तुत रचना उनकी विशिष्ट शैली एवं समग्रतापूर्ण दृष्टिकोण पर आधारित है। यह विश्वव्यापी अभिरुचि उत्पन्न करेगी तथा कष्ट और तनाव से पीड़ित विश्व को आशा का संदेश प्रदान करेगी। हृदय को प्रेम का मंदिर

कहा गया है। हमें यह सुनिश्चित करना चाहिए कि हृदय स्वस्थ अवस्था में रहे, क्योंकि प्रेम ही वह वस्तु है, जिसकी आधुनिक विश्व को सर्वाधिक आवश्यकता है।

—आर.एस. पाठक

न्यायाधीश,

अंतरराष्ट्रीय न्यायालय, भारत के भूतपूर्व मुख्य न्यायाधीश

मसजिद ढ़ा दे, मंदिर ढ़ा दे,
ढ़ा दे जो कुछ ढ़ेंदा,
एक किसी दा दिल ना ढ़ावीं
रब्ब दिलाँ विच रहेंदा।

मसजिद ढ़ा दे, मंदिर ढा दे
ढ़ा दें ढहता है,
एक किसी का दिल नहीं ढ़ाना
प्रभु दिल में रहता है।

बुल्लेशाह (पंजाबी सूफी कवि, 1680–1762)

('एमिटी और सॉलिडरिटी' के संपादक की अनुमति से चित्र का निम्न अंश संशोधित है)

□□□